「自己」の向こうへ
コンラッド中・短編小説を読む

山本　薫 著

大学教育出版

はしがき

　本書は、ジョウゼフ・コンラッドが人物を描く際にどうしても「個人」の描写という枠をはみ出してしまう点に着目し、彼の中・短編のテクストが、個としての「自己」の向こうに共同体の可能性を見いだすまでの軌跡を辿ったものである。共同体といっても、個の対立概念としての、固い絆でむすばれた均質な集団を必ずしも指すわけではない。拙著『裏切り者の発見から追放へ』でも論じた通り、例えば船乗りの共同体のような集団への忠誠や裏切りという時、個と集団は対立的あるいは二者択一的にとらえられているだろう。ところが、本書第8章で論じているように、個人の心理的葛藤が詳細に描かれていないために従来のコンラッド批評ではほとんど注目されなかった「武人の魂」のような一見時代錯誤的な物語における集団とは、むしろ、個と集団という二項対立そのものに揺さぶりをかけるような奇妙な複数性とでも呼べるものである。コンラッド自身が、晩年の歴史小説『放浪者』(*The Rover*)(1923)の中で、そのような何とも名づけようのない不思議な複数性のことを、フランス革命の「友愛精神」と対比させて「奇妙な友愛」("strange fraternity")と呼んでいるが、それは、そうとしか呼びようのない「共同性なき共同体」である。「共同性なき共同体」という言い回しからわかるように、コンラッドのテクストが描きとろうとしている共同体は、「私」という西欧の個人的主体の形而上学を解体しようとするデリダ（Jacques Derrida）の「友愛の政治学」や、ジャン＝リュック・ナンシー（Jean-Luc Nancy）といった、いわゆる「大陸系の」思想家の共同体論と非常に親近性が高いように思われる。最近は、そういう観点でコンラッド作品を読み直し、まとめた考えを国際学会で発表し続けているが、それまで日本語で考え、書きためたものは、そこに至る橋渡しになったように思う。それぞれの論文の初出は以下の通りであるが、大幅に加筆・修正を施している。

第1章　「『台風』―MacWhirr船長の性格描写について―」（『滋賀県立大学国際教育センター研究紀要』第7号 2002年）

第 2 章　「*The Nigger of the 'Narcissus'* における耳の聞こえない船員」(『滋賀県立大学国際教育センター研究紀要』第 13 号 2008 年)

第 3 章　「マーロウの耳─『闇の奥』における聴覚と共同存在」(『コンラッド研究』第 1 号 2009 年)

第 5 章　「『秘密の共有者』における記憶の持ち主」(『滋賀県立大学国際教育センター研究紀要』第 16 号 2011 年)

第 6 章　「『陰影線』における陸の上の挿話について」(『滋賀県立大学国際教育センター研究紀要』第 9 号 2004 年)

「『陰影線』における超自然」(『滋賀県立大学国際教育センター研究紀要』第 11 号 2006 年)

第 7 章　「司令官の中立性」(『滋賀県立大学国際教育センター研究紀要』第 10 号 2005 年)

第 8 章　"'The Warrior's Soul" and the Question of Community,' *The Conradian* 35.1 (Spring 2010) pp.47-61

　第 4 章の「秘密の共有者」論は、2011 年 7 月にポーランドのルブリン (Lublin) で開催された第 5 回国際ジョウゼフ・コンラッド学会で発表した原稿に加筆・修正を施した論文、"Hospitality in 'The Secret Sharer'" を日本語に訳したものである。もとの "Hospitality in 'The Secret Sharer'" の方は、マリー・キュリー・スクウォドフスカ (Maria Curie-Skłodowska) 大学の Wiesław Krajka 教授の編集でコロンビア大学から継続して刊行されている *East European Monographs* の 23 冊目となる、*Wine in Old and New Bottles: Critical Paradigms for Joseph Conrad* (2014 年のはじめに刊行予定) への掲載が決まっている。第 8 章の「武人の魂」についての論考は、もともと (「─"We existed far apart"─『武人の魂』における共同体」と題して、『滋賀県立大学国際教育センター研究紀要』第 12 号 (2007 年 12 月刊)) に発表し、さらに練り直し凝縮したものを、2008 年 7 月に英国リンカーン (Lincoln) で開催された英国ジョウゼフ・コンラッド学会の第 34 回大会で発表した。この時の口頭発表原稿に加筆・修正を施したものが、2010 年

はしがき

の The Conradian 掲載論文である。今回本書にまとめるにあたって、当初、2010 年の The Conradian 掲載論文を日本語に訳しているつもりだったが、最終的には、2007 年の論文とも 2010 年の論文とも多少は重なるが別のものに仕上がった。第 6 章は、2004 年の「『陰影線』における陸の上の挿話について」と、2006 年の「『陰影線』における超自然」を一つにまとめたものである。

2009 年に発足したばかりの日本コンラッド協会が発行した学会誌『コンラッド研究』の記念すべき第 1 号に掲載された「闇の奥」論を今回本書へ転載することを快諾してくださった日本コンラッド協会の会長石清水由美子先生および運営委員の先生方、また、"Hospitality in 'The Secret Sharer'" がこうして「生まれ変わった」姿で先に世に出ることを正式に許可してくださったマリー・キュリー・スクウォドフスカ大学の Krajka 教授に感謝致します。ここで全員のお名前を挙げるわけにはいきませんが、これまで筆者の学会発表および論文に対して貴重なご意見をくださった国内外の研究者の方々にこの場をかりてお礼を申し上げます。

2012 年 9 月

山本　薫

目　次

はしがき ………………………………………………………………… 1

第1章　『台風』論
　　──マックワー船長の性格描写の揺らぎ── ……………… 7

第2章　『ナーシサス号の黒人』論
　　──耳の聞こえない船員ワミボウ── ……………………… 24

第3章　『闇の奥』論
　　──マーロウの耳と共同存在── …………………………… 38

第4章　「秘密の共有者」論
　　──無条件の歓待について── ……………………………… 54

第5章　「秘密の共有者」補論
　　──記憶の持ち主について── ……………………………… 76

第6章　『陰影線』論
　　──告白する「私」の権威── ……………………………… 92

第7章　"The Tale" 論
　　──司令官の中立性── ……………………………………… 114

第8章　「武人の魂」論
　　──互いに遠く離れた「我々」── ………………………… 129

引用参考文献 …………………………………………………………… 149

第1章

『台風』論
―― マックワー船長の性格描写の揺らぎ ――

1

　『台風』（*Typhoon*）（1902）のマックワー（MacWhirr）船長は想像力の欠けた平凡な男であるが、自らが指揮する南山号を台風の目に向かって直進させ、中国人苦力(クーリー)200人を目的地まで運ぶという非凡な偉業を成し遂げる。『台風』はこのような単純明快さゆえに、複雑で難解な作品が多いジョウゼフ・コンラッドの正典の中では珍しく賞讃されてきた。しかし、マックワー船長の人物像はそれほど単純ではなく、彼が果たして英雄的な人物なのかそれともただ単に愚鈍なのかという点についてこれまで意見は分かれてきた[1]。F.R.Leavisに代表される主流の批評家たちは、平凡ではあるが義務に忠実な船乗りたちの姿勢を賛美し、台風の目に向かって船を直進させる船長の勇気と決断を英雄的なものとして称えてきた[2]。「あちこちの熱帯植民地で数年働いたあげく、福建州の故郷の村に帰る途中の苦力200人」[3]を台風にも負けず「条約港」福州まで運ぶマックワー船長は、帝国主義の先兵として確かに英雄でなければならなかったはずだ。ところが、その英雄的な船長はもしかしたらただの愚者かもしれない。一応はマックワー船長を英雄視しているAlbert Guerardでさえ、船長の描写に軽蔑の調子がうかがえることも指摘しており、マックワーのような複雑でもなければ知的でもない人物をコンラッドがどこまで称賛しているのか、あるいは果たして本当に称賛しているのかと疑問を投げかけている[4]。しかし、このような疑問を生む船長の愚鈍な姿も、英国特有のユーモアの枠組みでは単なる戯画として理解されてしまい[5]、

結局人物描写の揺らぎは『台風』の批評史の中で特に深く掘り下げられることはなかった。ところが本章で以下に見ていくように、コンラッドは英国のユーモアの枠に依存しながらも同時にその枠からはみ出す帝国批判の要素も我々に見せている[6]。このような両面性がマックワー船長の人物像を陰影に富む複雑なものにしているが、そうして複雑な「人格」を描こうとしながらも結局作者は当時の一般的なコンテクストの中にマックワーの人物像を手放してしまう。マックワーの人物像を追いながらも、やはりコンラッドは「人格」を描くという作業にある種の居心地の悪さを感じていたのではないだろうか。本章ではこのような観点からマックワー船長の人物像の揺れを以下に見ていきたい。

2

『台風』は主人公であるマックワー船長の人物描写で始まる。ヴィクトリア朝の伝統的な語り手によく見られる、すべてを知り尽くしたような語り口でマックワーは次のように紹介されている。しかし、ここでは主人公についての知識が提供されるというよりはむしろ、彼の性格を知るのが容易ではないことが暗示されている。

> CAPTAIN MACWHIRR, of the steamer *Nan-Shan*, had a physiognomy that, in the order of material appearances, was the exact counterpart of his mind: it presented no marked characteristics of firmness or stupidity; it had no pronounced characteristics whatever; it was simply ordinary, irresponsive, and unruffled. (3)

語り手は、人物の外見は内面と「正確に対応する」と言う。しかし、マックワー船長の場合、そのことは彼を知る上でどれほど役に立つのだろうか。語り手は一見外面的性格描写の通念を踏まえているようでありながら、その通念がマックワー船長の性格を描く際にそれほど有効ではないと考えているのではないだろうか。船長の表情にはしっかりしたところ("firmness")、

第 1 章　『台風』論 ── マックワー船長の性格描写の揺らぎ ──

あるいは愚かさ（"stupidity"）を示すような目立った「特徴」はないと語り手は言っている。いくら内面と外見が一致していようとも、そのいずれにも目立った「特徴」がないのであれば、彼をどう性格付けすればよいかわからない。以下に見るように、語り手はどうもマックワー船長が "firm" なのか "stupid" なのかおそらく簡単には決められないのではないだろうか。このように、この短い冒頭の一節には物語の中心的関心──主人公である船長が果たして賢者なのか愚者なのかということ（"firmness or stupidity"）──が集約されている。ではまず、船長の想像力の欠如という特質が「愚鈍さ」（"stupidity"）の表れとしてどう具体的に描かれているかを、少々長くなるが以下の引用で詳細に見ておきたい。

マックワー船長は、「何でも文字通りに受け取る」たちで（22）、彼の「意識には事実しか映らない」（14）。船長には、「その日その日と一日を捌く分だけで、それ以上の想像力は持ち合せがない」（4）。『ロード・ジム』（*Lord Jim*）（1900）のジムとの類似がよく指摘される一等航海士ジュークス（Jukes）は、船長とは反対に想像力旺盛で、現実を直視しない傾向がある。以下の場面は、対照的な 2 人の間で意志疎通がうまくはかれていない様子がコミカルに描かれている。南山号を発注したシャム（Siam）のシグ父子商会（Messrs. Sigg and Son）は、船籍を英国からシャムへ変更する。これに対してジュークスは「まるで個人的に侮辱されたように」憤慨し（9）、仕事を辞めるとまで言い出す。新しい国旗が南山号の船尾に翻った最初の日、ジュークスはブリッジに立って口惜しげに旗を見上げ、しばらく自分の感情と闘った後、船長に以下のように言う。

"Queer flag for a man to sail under, sir."

"What's the matter with the flag?" inquired Captain MacWhirr. "Seems all right to me," And he walked across to the end of the bridge to have a good look.

"Well, it looks queer to me," burst out Jukes, greatly exasperated, and flung off the bridge.

Captain MacWhirr was amazed at these manners. After a while he stepped quietly into the chart-room, and opened his International Signal Code-book at the plate where the flags of all the nations are correctly figured in gaudy rows. He ran his finger over them, and when he came to Siam he contemplated with great attention the red field and the white elephant. Nothing could be more simple; but to make sure he brought the book out on the bridge for the purpose of comparing the coloured drawing with the real thing at the flagstaff astern. When next Jukes, who was carrying on the duty that day with a sort of suppressed fierceness, happened on the bridge, his commander observed:

"There's nothing amiss with that flag."

"Isn't there?" mumbled Jukes, falling on his knees before a deck-locker and jerking therefrom viciously a spare lead-line.

"No. I looked up the book. Length twice the breadth and the elephant exactly in the middle. I thought the people ashore would know how to make the local flag. Stands to reason. You were wrong, Jukes...."

"Well, sir," began Jukes, getting up excitedly, "all I can say"—He fumbled for the end of the coil of line with trembling hands.

"That's all right." Captain MacWhirr soothed him, sitting heavily on a little canvas folding-stool he greatly affected. "All you have to do is to take care they don't hoist the elephant upside-down before they get quite used to it."

Jukes flung the new lead-line over on the fore-deck with a loud "Here you are, bosun—don't forget to wet it thoroughly," and turned with immense resolution towards his commander; but Captain MacWhirr spread his elbows on the bridge-rail comfortably.

"Because it would be, I suppose, understood as a signal of distress," he went on. "What do you think? That elephant there, I take it, stands for something in the nature of the Union Jack in the flag...."

"Does it!" yelled Jukes, so that every head on the *Nan-Shan*'s decks looked

第 1 章 『台風』論 ── マックワー船長の性格描写の揺らぎ ──

towards the bridge. Then he sighed, and with sudden resignation: "It would certainly be a dam' distressful sight," he said, meekly. (10-1)

想像力の欠如という点から説明することができるマックワー船長の言動の一つ一つは、彼の「愚鈍さ」の表れとして笑いを誘う。船長は旗が「おかしい」("queer")というジュークスの言葉を文字通りに受け取り、本当に旗に何か「異常」があると勘違いして、ブリッジの端までわざわざ歩いて行って旗を「しげしげと」見ている。「業を煮やした」ジュークスがふてくされたようにブリッジから飛び降りてもなお、船長はジュークスのそのような態度の意味を理解するどころか、「呆気に取られている」。船長は慌てることもなく、「しばらくしてそっと」国際信号書でシャム国旗を探し、図柄に間違いがないかと「懸命に」眺めている。さらに今度は信号書をブリッジに持って上がり実物と図版を見比べて確認した上で、なんとか怒りを抑えていたジュークスに追い討ちをかけるように、またしても「異常はない」と繰り返す。ジュークスが、「そうですか」と言いつつも、いらだっていることは、彼が測鉛索を「乱暴に」引きずり出していることにうかがえるだろう。しかし、そうとは想像もしない船長は、旗に異常がないということを事実に即してしつこく説明しようとする。「長さが幅の 2 倍、象がぴったり中央にくる」という船長の説明は、彼の「何でも文字通りに受け取る」「事実に忠実な」性格を表していて滑稽である。船長によれば、間違っているのはシャム国旗でもそれを作った地元の人でもなく、ジュークスである。これにはジュークスも弁解を試みようとするが、船長はそれすら聞こうとせず、象を逆さにして旗を掲げたりしないようにという滑稽な命令を大真面目で出し、さらにジュークスを滅入らせる。たまりかねたジュークスは「とことん思いつめた様子で」船長に弁解しようとするが、船長は問題がもう解決したとばかりに、「いいんだよ」とジュークスをなぐさめ、くつろいで悦に入った様子である。さらに、船長はのうのうと滑稽な命令の理由を説明した上で、シャム国旗とユニオン・ジャックの図柄を同等に見なす発言をして、象の印の入った国旗を掲げさせられるくらいなら仕事を辞めるとまで言っていたジューク

スを驚かせる。しかし、ジュークスは船長に理解してもらうことを諦め、おとなしく命令に従おうとする。船長には最後までジュークスがなぜ憤慨しているのかがわからないままである。

　船長のこれらの特徴は同時に彼の"firmness"としても見直せる。南山号が掲げる国旗を変えたことに我慢ならず仕事を辞めると言うジュークスとは対照的に、船長は国旗の変化という事態に現実的に対処している。東洋人に対する「人種的優越感」(13) から、ユニオン・ジャックがシャム国旗の「玩具箱の象みたいなつまらない絵」(9) よりも絶対的に優れた意味を持つと考えるジュークスは、南山号がシャム国旗を掲げてしまうと大英帝国とシャムの間の優劣の関係が逆転してしまうとでも言わんばかりに、「仰ぎ見て走るにしては変てこな国旗だ」("Queer flag for a man to sail under, sir") と船長に訴えている。一方、船長にとって旗は、ジュークスのように愛国心を投影するものではなく、単に海の上の出来事を意味する信号でしかない。皆が慣れるまで象の印を逆さにして旗を揚げたりしないようにという船長の指示は、船内の秩序維持を重視していると考えられるし、また、遭難信号と間違われて海の世界の秩序を乱さないためとも考えられる。感情的になってふてくされているジュークスとは対照的に、船長の態度には船乗りとしての良識がうかがえるし、職務には忠実であるという点からは評価できよう。すでに船が出発してしまっている以上、船がどこの国籍になろうとも、雇い主であるシグがそれを便利だと判断したのなら（しかも、雇い主はシャムの商社である）、わざわざ大騒ぎしてまで国旗の変換に異議を唱えるなどということは船長の頭にはない。そもそも、マックワーは口数が少なくて、雇い主の指図に「文句をつけたりしないことが確実な」人物 (9) であったから船長として雇われたのである。

　台風の目に向って直進するという判断にも、事実に忠実な船長の姿勢が表れている。暴風に対処する際に書物は頼りにならないと船長は何度もジュークスに言っている。船長にとって書物は、「言葉と忠告の洪水だが、全部頭の中だけの推理で、確実な事実の片鱗すらうかがえない」もので、彼はそれに「軽蔑をこめた怒りを覚えるだけ」である (33)。「手荒い嵐をうまく出し

第1章 『台風』論 —— マックワー船長の性格描写の揺らぎ ——

抜く」方法（35）を教えるウィルソン船長（Captain Wilson）の「嵐に対する作戦」（34）も、ジュークスの提案も退け、マックワー船長は船を台風の目に向って直進させる。船長は頭の中で考えるのではなく、ただ黙々と台風に向かって突き進み、目的地に到達する。言葉や理論ではなく実践で示すのである。暴風で船の装備が次々と吹き飛ばされ、ジュークスが騒ぎ立てても船長は仕方ないと言うだけで少しも動じない。「何が起きようとも絶対おじけづかず」（"Don't you be put out by anything"）、「真っ向から立ち向かえ」（"Keep her facing it. [...] Facing it—always facing it—that's the way to get through. You are a young sailor. Face it. That's enough for any man. Keep a cool head."）という船長の助言にさすがのジュークスもすっかり励まされ、「胸の鼓動が高まるのを感じ」「自信がどっと沸き上がるのを覚える」。船長の言葉はジュークスを「何が起きようと自分はやれるぞという気にしてくれる」のだった（89）。臆病で暴風の轟きにすっかり震え上がっているジュークスとの対比で、船長の「指揮官の威信、権限、重荷」が際立つ。ジュークスは、船長がただ甲板に姿を現しただけで、「強風の重圧のほとんどを、両の肩で受けとめてくれた」（39）という思いで救われた気になっている。

　いよいよ南山号が危ないという時も、船の揺れによって散らかった部屋の中で、「我々をだらだらと堂々巡りの生活に縛りつけている、すべての些細な慣習のシンボル」であるマッチ箱を所定の位置に戻すという「秩序感」（"fitness of things"）を船長は失わない（85）。船長の秩序の感覚を示す最も良い例が銀貨の分配であろう。台風の目に接近して揺れがますますひどくなると、船艙では中国人クーリーたちが騒ぎだす。彼らの所持品の入った手箱が壊れて銀貨が散乱したため、彼らは銀貨を取り戻そうとして取っ組み合いを始める。船長は、「たとえ5分で沈むとわかっていても私の船でそのようなこと（銀貨を巡る中国人たちの乱闘）があってはいけない」（88）と述べ、散乱した銀貨をすべて回収するようジュークスに命じる。南山号がもう英国の船ではなくなったことを理解している「畜生ども」（"brutes"）が、本格的な暴風の到来に乗じて銀貨を奪い返そうと「襲いかかってくる」のではないかと恐れる（82-3）ジュークスは、銃を持ち出し武力でクーリーの騒ぎを治

めようとするが、船長は彼に銃をしまわせ、クーリーから回収した銀貨を数えるのを手伝うよう命じる。船長は中国人に対して「公平に接する」こと（"Do what's fair"）(94) をモットーに、回収した銀貨を全員に均等に分配して船に秩序を取り戻す。クーリーへの冷静な対処と、台風を通過して彼らを福州に送り届けるという結果を伴った任務の遂行によって、船長は、最終的に「あの抜け作親爺にしては今度の事件なかなか見事に切り抜けたものだ」(102) と彼を馬鹿にしていた部下から見直されている。

3

　国旗が変わったことでジュークスが仕事を辞めると言った時、機関長のソロモン・ラウト（Solomon Rout）は、「せっかく良い職場なのに」と「わきまえ顔で咳払い」している (10)。ラウトは後で、「優しい伯父が興奮した小学生の言葉に耳を貸してやる感じで」、本当に辞表を出したのかとジュークスをからかっている。賢者ソロモンと同じ名前で、「学者じみた細長い手」(11) をしているラウトの言動を「知恵」と結びつけるよう語り手が誘っているとするならば、ラウトの言葉には経験を積んだ大人の実際的な処世術を、ジュークスの態度には「小学生のように」子どもじみた反応を我々読者は読みとるべきなのかもしれない。マックワー船長はジュークスと違って国旗の変化を理由に船長という職を放棄しようとするほど愚かではない。ラウトのように南山号が「良い職場」であることをわきまえる「知恵」をいくらかは持ち合わせているようだ。船長のこのような態度は先ほど確認したように、船乗りの常識に照らして現実的な対処と呼ぶことができるが、金銭的な問題と無縁ではないという意味でも現実的だ。彼には本国に養わねばならない家族がある。本国で彼が維持していかねばならない資産は事細かに書き込まれている。船長は、「出窓の前にささやかな庭があり、奥行きの深い立派なポーチがついて、玄関の扉には模造鉛のフレームに色ガラスがはめ込んである」ロンドン近郊の家の家賃として年に45ポンド払っている (14)。マックワー夫人は夫からの手紙を「家賃45ポンドの我が家の客間」で「ビロード底、金塗りのハンモック椅子」(93) に寝そべりながら読む。そこで

第1章 『台風』論 ── マックワー船長の性格描写の揺らぎ ──

は、「地元の宝石店で3ポンド18シリング6ペンスの正札がついていた黒大理石の時計」(94) が時を刻み、夫人の傍らには「タイル張りの暖炉」があり、「火床には石炭の火があかあかと燃え、炉棚には日本の扇子の数々」(93) が置かれている。手紙を読みながら夫人は、「こんなによい給料をもらっているのは初めてだというのに」(94)、夫がどうして家に帰ることばかり考えるのかと不思議がっている。船長は、これらの財産をまもり、本国での生活を支えねばならないという現実的な配慮から「シャム国旗がおかしい」というジュークスの訴えにろくろく取り合わず事を穏便に処理しようとしたのではないか。台風に向かって直進するという船長の判断も、たしかに勇敢であるように描かれてはいるが、船長は一方で台風を迂回すれば余計に石炭代がかかるという計算もきっちりしている ("Three hundred extra miles to the distance, and a pretty coal bill to show. I couldn't bring myself to do that [running to get behind the weather] if every word in there was gospel truth, Mr. Jukes." [33]) [7]。

あからさまに「人種的優越感」を漂わせているジュークスとの対比があまりにはっきりしているので、Guerard のように船長が中国人に対して「公平」だと判断している批評家は多い[8]。船長は確かに中国人に対して「公平に」接しなければならないと何度も繰り返し言っているし（81, 82, 88, 94, 99）、クーリーの騒ぎを治めて危機的状況を回避し、船を目的地まで到達させるので、ほとんどの批評家は「愚かな」船長像を最終的には修正する。しかし、台風に向かって直進するという船長の決断は「人種的優越感」とも無縁ではない。次の一節を見る限り、船長が中国人のことを「公平に」扱っているどころか、そもそも彼らのことが眼中にあるのかどうかさえ極めて疑わしくなってくる。あまりに船が揺れるのでたまりかねたジュークスが、船艙に閉じ込めた中国人を「気遣って」進路変更を提案した時、船長は「中国人を楽にしてやるために」進路を変更するなど、「これまで聞いたこともないような突拍子もない話」(34) だと言い、台風の目に向かって直進することを告げる。

"Swell getting worse, sir."

"Noticed that in here," muttered Captain MacWhirr.

"Anything wrong?"

Jukes, inwardly disconcerted by the seriousness of the eyes looking at him over the top of the book, produced an embarrassed grin.

"Rolling like old boots," he said, sheepishly.

"Aye! Very heavy—very heavy. What do you want?"

At this Jukes lost his footing and began to flounder.

"I was thinking of our passengers," he said, in the manner of a man clutching at a straw.

"Passengers?" wondered the Captain, gravely.

"What passengers?"

"Why, the Chinamen, sir," explained Jukes, very sick of this conversation.

"The Chinamen! Why don't you speak plainly? Couldn't tell what you meant. Never heard a lot of coolies spoken of as passengers before. Passengers, indeed! What's come to you?"

Captain MacWhirr, closing the book on his forefinger, lowered his arm and looked completely mystified.

"Why are you thinking of the Chinamen, Mr. Jukes?" he inquired. (30-1)

ジュークスは船の揺れがひどいことに何とか船長の注意を喚起しようとしている。船長もその事実に気付いてはいる。しかし、船長はそれのどこが問題なのかがわからない。国旗のエピソードの場合と同じように、想像力の欠如からジュークスの意図を理解できない「愚かな」船長の姿は確かに滑稽だろう。あるいは、"Anything wrong?" や "What do you want?" という返事を、激しい揺れにも動じない "firm" な船長の「勇敢さ」の表れと解釈することも可能だろう。しかし、ここで描かれている想像力の欠けた船長の凡庸さは本当に笑えたり英雄視したりできるものなのだろうか。「うねりがひどい」ということを、"Rolling like old boots" と表現しているように、ジュー

第 1 章　『台風』論 ── マックワー船長の性格描写の揺らぎ ──

クスは「物をはっきり言わず」「言葉の綾」(25) に頼りすぎる傾向がある。一方、船長は「何でも文字通りに受け取るたち」で、ジュークスの「言葉の綾」を他の場面でも注意している。ここで、Guerard その他の批評家と同じように、ジュークスが「乗客」を気遣っていると文字通りに解釈することは、愚鈍な船長と同じ勘違いをすることにならないだろうか[9]。ジュークスが、クーリーたちを「畜生ども」("brutes") と見なしていることについてはすでに触れたが、クーリーが発する「人間の言葉らしからぬ、しわがれ声のわめくような不可解な雑音」を聞くと、ジュークスはまるで「獣が演説を試みているような不思議な思い」がする (80)。また、彼は船が無事に目的地に到着してもなお、クーリーたちが船酔いで意気沮喪していなかったら、自分たちが「ずたずたに引き裂かれていたことは間違いない」と確信している (97)。「乗客」に対するジュークスの「気遣い」とは、この揺れの中、船艙に閉じ込められたクーリーたちの不満が爆発し、自分たちに「襲いかかってくる」(82-3) のではないかという心配だろう。しかし、船乗りとしてこのような心配は臆病さの表れとして受け取られかねない。うまく意思疎通が成立しない船長とのやりとりはジュークスの臆病さを露呈させ彼をうんざりさせる。「どうかしたのか」「どうして中国人のことを考える気になったのだ」という問いかけには、確かにジュークスの意図を理解できない船長の想像力の欠如がユーモラスに表されているとも取れるが、それは、船長の側に中国人に対する配慮がまったくないことの証明でもある。英雄視される一方で船長が人種差別主義者 (racist) と呼ばれているのも無理はない[10]。

　このように、船長の想像力の欠如は金銭欲や「人種的優越感」と表裏一体なのである。それでも大部分の批評家に、船長がクーリーを人間として「公平に」扱っていると思わせてしまうのは、"Had to do what's fair, for all—they are only Chinamen. Give them the same chance with ourselves" (88) という船長の言葉がスポーツにおける「フェア・プレイの精神」を連想させるからではないだろうか。実際、船長が船を直進させることを決めた後に、「戦いに備えた完全装備」(37) のために合羽を取ろうと手を伸ばした彼の姿勢は、「フェンシングの突き」に喩えられている ("He threw himself into the

17

attitude of a lunging fencer" [36]）。また、まるで暴風という「敵」と一対一で対決するボクサーであるかのように船長の「男らしさ」は強調されている（"He was trying to see, with that watchful manner of a seaman who stares into the wind's eye as if into the eye of an adversary, to penetrate the hidden intention and guess the aim and force of the thrust." [40]）。フェンシングやボクシングは、一対一で相手と対決し、スポーツ精神が十分に発揮される種目であった。ヴィクトリア時代において、男らしさを強調するスポーツ精神と愛国的な感情は切り離せない。帝国主義のスポーツに関わる面と軍事面は、人びとに訴えかける極めて強力な基盤だったのである[11]。『台風』に刻み込まれている歴史的事項も、当然のことながら帝国の軍事面を喚起している。南山号が向かっている条約港福州は、アヘン戦争後の南京条約によって、英国が中国に自由貿易を強制するために開港させた港である。ジュークスが言うように、シナ海上では「領事」もいなければ、「母国の砲艦一隻いるわけでもない」から南山号上でクーリーたちが暴れても助けの求めどころがないが、福州に行けば南山号は、「軍艦の大砲がにらみを利かせてさえいれば安全」なのである（98）。南京条約の結果に満足しなかったイギリスは、さらなる市場開放を目論んでアロー戦争を仕掛ける。アヘン戦争からアロー戦争にいたるイギリスの対清国外交は、軍事力の勝利によって不平等条約を押し付けて、中国市場への権益を拡大したのである。船長の一連の行動の裏にある想像力の欠如が、語り手には金銭欲や「人種的優越感」と切り離せないものと見えてしまうのは、船長の一見"fair"な銀の分配という行為の裏に、実際は不公平な（unfair）な通商条約に基づき武力でもって展開された大英帝国の経済的侵略が透けて見えてしまうからではないのだろうか[12]。

4

このように『台風』は帝国批判をにおわせているにもかかわらず、そのような帝国に批判的な側面がこの物語の批評において大きく取り上げられることはほとんどない。台風を通過して目的地に到着するという大団円がもたらすカタルシスの効果は大きく、船長を愚鈍な人物だと見なしていた批

第1章 『台風』論 —— マックワー船長の性格描写の揺らぎ ——

評家も、クーリーへの対処を評価し彼を最終的には見直すほど、物語は船長を称える調子で終わる。しかし、ここで注意しなければならないのは、銀貨の分配という行為が、本来公平（impartial）であるはずの全知全能の語り手によって報告されるのではなく、偏った（partial）一登場人物ジュークスによって手紙の中で報告されることである。

　『台風』における手紙の効用は、単に全知全能の語り手によって語られる出来事に個人的なパースペクティヴを提供することや、陸上での生活と海上での生活を対比することだとされることが多い[13]。しかし、ここで強調したいのは、語り手は、船長がどういう人物かを最終的にはっきりさせねばならない肝心のところで、船長の評価を登場人物たちの手紙における記述に委ねているということである。まず語り手は、第1章冒頭で主人公の風貌をユーモアたっぷりに描いた後、気圧が低下し台風が接近しているということをそれとなく暗示している。その後、語り手は国旗のエピソードの場合のように乗組員同士のやりとりにおいて彼らの人物像を順に紹介していく。しかし、第1章の終わりで全知全能の語り手は再び姿を潜め、各登場人物が家族や友人と交わす手紙の中で船長の印象を語る。ラウトは妻への手紙において、「とことん鈍い阿呆船長でも、悪党を船長に持つよりはいい」と述べ、「今は大西洋の定期船の二等航海士」をしている「旧友でかつて同じ船に乗り組んだ仲間」(16)に宛てた手紙の中でジュークスは、「何か問題があっても、鈍いから気がつかないんじゃないか」(17)と船長を馬鹿にしている。これらは、船長が「愚鈍な」人物だとする評価である。我々読者には早くから台風の接近が知らされているわけだから、このような「愚鈍な」船長が、これからやって来る台風という試練に果たして耐えうる人物なのかというサスペンスが生じる[14]。

　ところが、乗組員の（そして読者の）不安をよそに、「愚鈍な」船長が指揮する南山号は台風を通過して目的地にたどり着く。台風に向かって直進し、暴風と闘いながらそれを克服する船長が勇敢な船乗りとして描かれていたことについてはすでに触れた通りである。そうすると、物語の最後において語り手は、台風を通過するという偉業を成し遂げた後の主人公と、その行

為が偉大であったのかどうかについて論評せねばならないはずだ。しかし、語り手は自らの言葉でそれを語ろうとしない。再び登場人物たちの手紙の中で、船長に対する評価をさせているのである。ソロモンは妻への手紙において、"That captain of the ship he is in—a rather simple man [...] has done something rather clever" (96) と述べ、ジュークスは、かつての仲間への手紙において、"I think that he got out of it very well for such a stupid man" (102) と述べている。そして、ジュークスのこの個人的な「意見」(18) が『台風』という物語を締め括る。コンラッドが最後の最後で、船長のいわゆる"fair"な行動を、全知全能の語り手ではなく作中の一個人であるジュークス――「人種的優越感」で歪んだ視点しか持たない人物――に語らせることによって、"fair"という言葉の意味は、船乗りの仲間が共有するコンテクストに封じ込められる。

　船長の手紙は、「宛先の女性（船長の妻）よりも、（船長付きの）給仕の方をずっと楽しませている」らしく、給仕は雑用の合間に機会があれば盗み読みしている (14)。ところが妻には夫の手紙は退屈で理解し難い ("She couldn't be really expected to understand all these ship affairs." [93])。同じく妻には「とてもわかるまい」という理由で、船長の偉業についての真実をラウトが妻への手紙の中で省略したことにラウトの妻は憤慨する ("How provoking! He doesn't say what it is. Says I couldn't understand how much there was in it. Fancy! What could it be so very clever? What a wretched man not to tell us!" [96])。『闇の奥』("Heart of Darkenss") のマーロウ (Marlow) も、物語の最後でクルツ (Kurtz) の婚約者にクルツの本当の臨終の言葉を伝えなかった。このことがフェミニスト批評において「真実／秘密」の共有から女性が排除されていると非難されたことはよく知られている[15]。『台風』の場合もそうなのだろうか。知り合いの婦人に夫の近況を尋ねられたマックワー船長の妻は、ありきたりの礼を述べた後で、夫が「まるで身体の養生のためにシナ海回りをしているとでもいう感じ」で、「（夫には）あちらの気候が合うんですのよ」と答えている (95-6)。南山号の乗組員の妻たちは、確かに夫の仕事の意義が理解できず、また夫を英雄視してもいない。しかも

第1章 『台風』論 —— マックワー船長の性格描写の揺らぎ ——

彼女たちは、自分が理解していないということを意識すらしていない。しかし、妻たちが自分たちの無知、無理解に対して無自覚だとしても、語り手とその背後の作者はそうではない。すでに確認した通り、語り手そして作者は、船長の一見"fair"な行動の不公平さ（unfairness）を見抜いている。だからこそ船長の行為を賢明だと判断できなければ完全に英雄視することもできないし、また、自分が船長を完全に英雄視していないということを十分意識しているはずだ。その作者が、船長の行為のどこかそんなに賢いのか——"What could it be so very clever?"——と一作中人物であるソロモンの妻に言わせていることを思い出す時、我々はその問いに、何も知らない妻の素朴な疑問という意味を超えて、船長の偉業の意義に対する作者自身の疑問をつい重ねてしまいたくなる。マックワー船長の人物像の描写は帝国主義の手先としての船長の偉業を問題化していた。ところが語り手は、最終的にそのような疑問を前景化することなく、「形だけで意味は薄れたすりきれ物にすぎない」「男たちが昔から使い古してきた言葉」(15)で船長を説明させることによって、彼の実体を「フェア・プレイ」を演じる英雄像に回収してしまう。

　『台風』の序文で、"it was but a bit of a sea yarn after all"と述べている通り、コンラッド自身は『台風』を単純な海の物語として読ませようとしたようだ[16]。これには、『台風』が、代理人ピンカー（J.B.Pinker）との初めての仕事であり、しかも、掲載された雑誌が大衆に迎合する傾向が非常に強かったペル・メル・マガジン（*Pall Mall Magazine*）であったことが大きく関係しているだろう[17]。この物語のタイトルは、船長の「公平な分配」と銀貨を巡るクーリーたちの乱闘に焦点を当てた"Equitable Division"から"Skittish Cargo"を経て結局"Typhoon"に落ち着いた[18]。このタイトルの変遷はマックワー船長が体現する「フェア・プレイ」の精神の側に立つのか、クーリーの側に立つのかという語りのパースペクティヴの揺れを反映しているのだろうか。そして作者は、どちらの側に立つのかを決めかねたかのように、どちら側でもない中立的なタイトルを選んだのだろうか。マックワーのように目的に向かってただ盲目的に直進できるほどおそらく「愚鈍」ではなく、かといって船乗りとしてはマックワーの偉業を矮小化するつもりもなかっただろ

うコンラッドは、船長の英雄視とクーリーへの一体化、帝国の称揚と批判の間で人物をどう描くかを巡って、それこそ「台風」のように荒れ狂う内面の葛藤を静めながらなんとか物語を書き終えたに違いない。『台風』における嵐の鬼気迫るリアリティは、コンラッドのそのような内なる「台風」の表象でもあったのかもしれない。

注
1) 近年『台風』は複雑な作品として見直されつつある。例えば、Ted Billy, *A Wilderness of Words: Closure and Disclosure in Conrad's Short Fiction* (Texas: Texas University Press, 1997) 92-105 を参照。
2) Leavis は、船乗りたちの平凡さに「英雄的な崇高さ」を見いだしている。F.R. Leavis, *The Great Tradition* (1948; Harmondsworth: Penguin, 1986) 213. 同じような見解として例えば、Albert Guerard, *Conrad the Novelist* (Cambridge, Mass.: Harvard University Press, 1969) 295; Leo Gurko, *Joseph Conrad: Giant in Exile* (London: Frederick Muller Limited, 1965) 101; Douglas Hewitt, *Conrad: A Reassessment* (Cambridge: Bowes & Bowes, 1952) 112; Thomas Moser, *Achievement and Decline* (Cambridge, Mass.: Harvard University Press, 1957) 13 を参照。
3) Joseph Conrad, *Typhoon and Other Tales* (Oxford: Oxford University Press, 1986) 6. 以下引用はすべてこの版から行い、頁数を括弧内に記す。日本語訳は、『颱風』(『コンラッド中短篇小説集2』沼澤治治訳(人文書院、1983) を参考にさせていただいたが、必要に応じ文脈に合わせて私訳を試みた。
4) Guerard 297.
5) Moser は、コンラッドがマックワー船長のような善良で単純なヒーローの存在を信じていないから、彼をからかっているのだと指摘している。Moser 19. Ian Watt もマックワーが喜劇的に描かれていると考え、Leavis が賞賛する船乗りたちの平凡さはむしろユーモラスに扱われていると主張している。Ian Watt, *Essays on Conrad* (Cambridge: Cambridge University Press, 2000) 97 を参照。
6) 『台風』は、英雄的な主人公が活躍する典型的な海の物語の体裁を取っているだけに、そのような帝国批判の要素が看過されがちである。最近の論考にはもちろん帝国の問題を読み取ろうとするものがないわけではない。例えば、Joseph Kolupke, "Elephants, Empires and Blind Men: A Reading of the Figurative Language in Conrad's *Typhoon*," ed. Keith Carabine, *Joseph Conrad: Critical Assessments*, vol. III (Robertsbridge: Helm

Information, 1992) 501-12; Paul Kirschner, introduction. *Typhoon and Other Stories*. by Joseph Conrad (Harmondsworth: Penguin, 1990) 3-35 を参照。しかし、これらの議論は結局船長のクーリーへの対処に「良識」と「公平さ」を見いだしている点で本論とは趣旨を異にする。

7) Robert Foulke, "From the Center to the Dangerous Hemisphere: *Heart of Darkness* and *Typhoon*," *Conrad's Literary Career*, eds. Keith Carabine, Owen Knowles and Wieslaw Krajka (Boulder: East European Monographs, 1992) 142 を参照。

8) Guerard 297; Cedric Watts, introduction, *Typhoon and Other Tales*, by Joseph Conrad (Oxford: Oxford University Press, 1986) viii を参照。

9) GuerardやKirschnerは、クーリーに対するジュークスの「気遣い」を善意から出たもの、人道的なものと解釈している。Guerard 297. Kirschner 8. または、Kolpuke 505-6 参照。

10) Kolpuke 506.

11) 富山太佳夫『シャーロック・ホームズの世紀末』(青土社、1993) 192-211, 270-87, 290-306, 308-24.

12) 船長の言動の背後にある想像力の欠如は、W.E.Houghtonが言うヴィクトリア朝英国人の姿勢("anti-intellectualism")と言い換えることもできよう。"A practical bent of mind, deep respect for facts, pragmatic skill in the adaptation of means to ends, a ready appeal to common sense—and therefore, negatively, an indifference to abstract speculation and imaginative perception—have always been characteristic of the English people. What distinguishes the Victorians is that conditions of life in their period tended to increase this bias, and thus anti-intellectualism a conspicuous attitude of the time." W.E.Houghton, *The Victorian Frame of Mind 1830-1870* (New Haven: Yale University Press, 1957) 110.

13) Jacob Lothe, *Conrad's Narrative Method* (Oxford: Oxford University Press, 1989) 106; Billy 94.

14) Lothe 106.

15) Nina Pelikan Straus, "The Exclusion of the Intended from Secret Sharing," *Joseph Conrad*, New Casebooks Ser. ed. Elaine Jordan (London: Macmillan, 1996) 50.

16) Conrad, Author's Note, *Typhoon and Other Stories* 50.

17) Lawrence Graver, *Conrad's Short Fiction* (Berkeley and Los Angeles: University of California Press, 1969) 91-4.

18) Joseph Conrad, Letter to Edward Garnett, 21 or 28 Feb. 1899. Letter to David Meldrum 3 Jan 1900, *The Collected Letters of Joseph Conrad*, eds. Frederick R. Karl and Laurence Davies, vol. 2 (Cambridge: Cambridge UP, 1986-) 169, 237.

第2章

『ナーシサス号の黒人』論
―― 耳の聞こえない船員ワミボウ ――

1

　多彩なナーシサス号の乗組員の中に、ワミボウ（Wamibo）という耳の聞こえないロシア系フィンランド人がいる。コンラッドが船員時代に乗船した実際のナーシサス号には「ワミボウ」という名のロシア系フィンランド人は存在しなかったらしいので[1]、「ワミボウ」は作者があとからナーシサス号の物語に付け加えた人物であることは確かである。しかしながら、もともと多国籍なナーシサス号の中でこのロシア系フィンランド人の船乗りの存在が特に注目されることはこれまでほとんどなかった[2]。ワミボウに言及している数少ない批評家として、例えばGuerardは、ワミボウが中心的役割を果たす機会として、船室に閉じ込められた黒人船員ジミー（James Wait）を乗組員が嵐の中で救出する場面だけを取り上げて、無意識の構造においてジミーが*"id"*、ワミボウは*"savage superego"*を意味していると説明した[3]。また、別の批評家は、いつもぼんやりと宙を見つめるこの不思議な人物ワミボウの存在は、フィンランド人に超自然的な予知能力があると考えた当時の船乗りの俗説を反映していると指摘した[4]。確かに、物語の中でシングルトン（Singleton）は、船が進まないことをワミボウの「呪文」のせいにしている（"Wamibo was a Finn—wasn't he? Very well! by Wamibo's spells delayed the ship in the open sea"）[5]。しかし、これらの説では、ワミボウがなぜわざわざ「ロシア系」の、しかも「耳の聞こえない」人物でなければならないかという点までは説明しきれない。

第2章　『ナーシサス号の黒人』論 ── 耳の聞こえない船員ワミボウ ──

　コンラッドは、『ナーシサス号の黒人』(*The Nigger of the 'Narcissus'*) (1897) の有名な序文において視覚的世界への忠誠を宣言しているが[6]、実際この物語は視覚よりも音の世界により引き付けられている。テクストを「聞こう」とする M.Bakhtin の対話理論を援用した批評家たちも指摘しているように[7]、「見える世界に忠実」なはずのこの物語において視覚は実は音に圧倒されている。物語冒頭から音は、語り手がその知覚の起点とすべき視覚を押しのけ迫りだしてくる。ところが、訛りの強い下級船員たちの罵声も、ジミーの「バリトンのように響く」声 (94) や船内に轟きわたる咳、荒れ狂う嵐の音、船内の機械音の入り混じった騒音もこのロシア系フィンランド人の船乗りには聞こえない。ワミボウの知覚や感覚も、「我々」の内側と外側を行ったり来たりして視点に一貫性がないことで悪名高いこの物語の一人称複数の語り手「我々」の知覚・感覚の一部を構成しているわけだから、この音のあふれる世界で唯一耳の聞こえない船乗りの存在には何か特別な意味があるように思えてならない。

　西にスウェーデン、北にノルウェー、東にロシアと隣接するフィンランドは、大国に挟まれ、大国のエゴに翻弄されたという点で、コンラッドの祖国ポーランドと似た運命を辿った[8]。歴史的にスウェーデン・ロシアの二大勢力の相克する場であったフィンランドに、おそらくコンラッドは祖国の置かれた立場を投影しやすかったはずであり、「ロシア系フィンランド人」の視点（あるいはこれから論じるように聴点）を、ロシア帝政下のポーランド出身であるコンラッドは共有しやすかったはずだ。先回りして結論めいたことを言ってしまうとすれば、ボンベイからロンドンまでのナーシサス号の航海において「我々」が試練を乗り越えていく過程を視覚的に描こうとする『ナーシサス号の黒人』の語りの戦略上、語り手である「我々」は、騒音を遮断し視覚に集中するために、耳が聞こえず視界もぼんやりとしたワミボウというフィルターを必要としていたのではないだろうか。後で見るように、語り手は知覚が鈍いワミボウを指して、だからこそ彼は「安全」(111) なのだと意味ありげなコメントをしている。コンラッドの視点人物と言えばマーロウだ。マーロウは作者コンラッドの若き日の分身であり、代弁者であり、

現実は彼の目を通して聞き手および読者に届けられる。とすれば同じように、ワミボウの鈍い視覚や聴覚にも現実をろ過するフィルターとしての役割が付与されていると考えることも可能だろう。本章ではそうした観点から、視覚的印象主義宣言としてのこの物語のイメージの影で今までほとんど議論の対象とならなかった耳の聞こえないこの不思議な人物の隠された役割の一端を明らかにしてみたい。

2

　物語は、ボンベイ港で出発に向けて準備をしているナーシサス号の様子で始まる。順にナーシサス号に乗り込む「新参者」(5) たちは夜の闇に包まれている。先ほど触れた序文の宣言通り、語り手が「見える世界に忠実」であろうとしても、この闇の中で彼らの姿は目に見えない。それはまさに、正体のはっきりしない「新参者」たちを登場させるには格好の場面である。彼らの間にまだ船乗りの絆は形成されておらず、彼らには集団としては確固たる形やアイデンティティがない。しかし、この闇の中で「新参者」たちの正体が見えないとしても、彼らの騒がしい声は、彼らが確実にそこにいるということを知らせている。語り手は見通すことのできない闇の中から聞こえてくる音に耳を傾けている。コンラッドの関心が、社会的にいわゆる不可視の存在である下級船員たちや黒人にあるとするなら、音への執着心は、物語の闇への関心と連動していると言えるだろう。暗闇の中では音が頼りである。聴くという行為によって、見えないものの存在が確認できるからだ[9]。一等航海士ベイカー (Baker) が「明るい船室」から「後甲板の暗闇」に足を踏み入れたとたん、当直の男が打ち鳴らす鐘の音が鳴り響く (5)。ボートを漕ぐ東洋人の「東洋の言語のおしゃべり」が、船員たちの「横柄な調子」とぶつかりあい、大変な騒ぎである。「星影さやかな、輝ける東洋の平和」は、上陸していた船員や新規に雇われた者たちを船まで運ぶはしけの漕ぎ手である「アジア人たち」の「わずかの金をめぐって生じた怒号や哀訴」によって「ずたずたに引き裂かれ」ている。これらの音は、語り手の「気を散らす」が、やがて、こうした「気を散らすような音」("the distracting noise") (6)

第 2 章　『ナーシサス号の黒人』論 ―― 耳の聞こえない船員ワミボウ ――

が静まると、語り手は視線を集中させて、船首楼で新入りが古株の船員たちと親交を深める様子を描写し始める。船首楼のランプは、まるで騒音に気を散らされまいと必死で船乗りたちの群像に意識を集中させようとする語り手の視線のように「どぎつい光を放って」この闇を照らしている。しかし、そうして必死に見ようとする努力も長くは続かず、語り手の視線はまたしても船乗りたちの大きな笑い声や呼び声に邪魔される。まるでこの喧騒の中で困り果て、静かな場所を求める語り手を救うかのように、この視覚と聴覚のせめぎ合いの中から耳の聞こえないワミボウが登場する。ワミボウには皆が一斉に話し出す声も、「嵐のように乱れ飛ぶ」罵声も聞こえない。以下はワミボウの初登場の場面であるが、ここには語り手によってこれ以後展開される「我々」の群像表象の一端がすでに披瀝されている。ワミボウも、当然、「我々」の一員としてそこで居場所を占めている。

> A little fellow, called Craik and nicknamed Belfast, abused the ship violently, romancing on principle, just to give the new hands something to think over. Archie, sitting aslant on his sea-chest, kept his knees out of the way, and pushed the needle steadily through a white patch in a pair of blue trousers. Men in black jackets and stand-up collars, mixed with men bare-footed, bare-armed, with coloured shirts open on hairy chests, pushed against one another in the middle of the forecastle. The group swayed, reeled, turning upon itself with the motion of a scrimmage, in a haze of tobacco smoke. All were speaking together, swearing at every second word. A Russian Finn, wearing a yellow shirt with pink stripes, stared upwards, dreamy-eyed, from under a mop of tumbled hair. Two young giants with smooth, baby faces—two Scandinavians—helped each other to spread their bedding, silent, and smiling placidly at the tempest of good-humoured and meaningless curses. (7)

ここでも語り手の感覚の中で視覚と聴覚はせめぎあっている。「意味もない

陽気な罵声が嵐のように乱れ飛ぶ」中で語り手は、「我々」の一員としておそらくこの場のどこかから乗組員たちを凝視している。語り手はどうも視覚的に個々の船員たちをとらえようとしているようだが、さまざまな色や、船員たちのいわゆる海の男らしさとは程遠い妙なしぐさやあらわな肌への彼の着目はどこか妙だ。アーチィは衣装箱の上に「横座り」で腰かけ、「せっせと針を動かして」おり、男たちは、「毛深い胸がのぞいて見える色シャツ」から腕を丸出しにし、裸足でもみあっているし、それを見守るスカンジナビア人たちも、「黙々として仲良く寝具を広げ」ている。彼らの「集団」（"the group"）としての全体像は、ぼんやりしている。集団としてとらえようとしても、小競り合いをしているような彼らの姿にタバコの煙の「もや」（"haze"）がかかり、見通しが悪くなる。まるで語り手のその目が徐々にかすんでいくかのように、「集団」はタバコの煙のなかで波のように揺れ、よろめき、ひしめきあっている。語り手は、ある時は自らを集団の一員として「我々」と呼び、またある時は集団を「彼ら」と呼んで突き放しつつ、下級船員たちを描こうとするが、いつもこのようにそれぞれの特徴や動作を目にとまった通りまとまりのないままとらえようとする。連帯感で結ばれた均質な集団というよりは、さまざまな過去や国籍を持つ船乗りたちが雑多なままただその場で身を寄せ合う姿を語り手は描こうとする。

　この『ナーシサス号の黒人』という物語によって、コンラッドは「印象主義」と呼ばれる視覚的手法を確立した。この物語に付された序文は、コンラッドの「印象主義者」としての宣言である。上の一節における鮮やかな色や特異な細部への着目はまさにそういった「印象主義的」手法を思わせる。とりわけ、描こうとする対象が「もや」につつまれ、輪郭がぼやける現象は、印象派の絵画が好んで狙った効果である[10]。そして、興味深いのは、そうした語り手のかすんだ目に映ったぼんやりとした「印象」は、いつも「ぼんやりと宙を眺め」ているワミボウの「夢見るようなまなざし」に映ったイメージとそう違わないのではないかということである。

　例えば最近のポスト・コロニアル作家の間でしばしば使われている一人称複数「我々」という語り手は、その「我々」がいったい誰をさすのか、どこ

第2章 『ナーシサス号の黒人』論 —— 耳の聞こえない船員ワミボウ ——

までの範囲の集団を指すのかを特定することが難しい語り手ではあるが[11]、この「我々」の中には、語り手が「我々」の群像をとらえようとする際にいつも傍らにたたずんでいるワミボウも含まれる。つまり、ワミボウの視覚あるいは聴覚も、一人称複数の語り手「我々」の感覚の周辺的ながら無視できない部分を構成しているということである。ワミボウの聴覚に逃げ込めば、語り手「我々」は、船員たちの嵐のように騒がしい「気を散らす」(6)ような声も遮断することができる。語り手「我々」にとって、耳の聞こえないワミボウは、まるで台風の目のように、この喧騒に満ちた物語世界の中で唯一静かな場所を与えてくれる存在だろう。そして視覚的には、ワミボウの「夢見るようなまなざし」で見られたぼんやりとした群像だけが残る。それはまさに印象派の絵画のようなおぼろげな群像ではないだろうか。『闇の奥』のマーロウもよく夢のような感覚（"the dream-sensation"）にとらわれていた。ワミボウの夢見るような視点は、『ナーシサス号の黒人』のあと語り手として「青春」（"Youth"）(1902)で初登場するマーロウが何度もとらわれる夢の感覚——"It seems to me I am trying to tell you a dream"——つまり、「青春」や『闇の奥』でより洗練されることになる「印象主義」的技法を先取りするものではないだろうか[12]。

ワミボウには知的把握力がほとんどない（"half-witted [54]; muddle-head; Wamibo looked with a dreamy and puzzled stare, as though he could not distinguish the still men from their restless shadows [77]; Wamibo blinked, uncomprehending but interested" [104]）。いつもぼんやりしているワミボウは、時に仲間からからかわれたり、邪魔もの扱いされたりするが、語り手はそんな彼をむしろ頼りになる人物として特徴付けている。語り手は、知的には「ネコほども」頼りにならないからこそワミボウは「安全」だと述べている（"Wamibo never spoke intelligibly, but he was as smileless as an animal—seemed to know much less about it [Jimmy's case] all than the cat—and consequently was safe." [111]）[13]。それに、ワミボウは、ナーシサス号の船員の中で一番の「力持ち」(57)であり、暴風の中、乗組員「我々」がジミーを救出する際、「我々」の命はワミボウの怪力にかかっていた。彼がジミーの部

屋のドアの留め金をしっかりと掴んでいなければ、「我々」はジミーとともに強風に吹き飛ばされていたかもしれないのである（"Wamibo held on to it [the hook] and we held on to Wamibo, clutching our Jimmy." [57]）。

　知的把握力がほとんどなく一見役には立たない存在に見えるワミボウという人物に付与されたこのような肯定的な価値は、『ナーシサス号の黒人』の序文で表明されている、"the artist appeals to that part of our being which is not dependent on wisdom" という「印象主義的な」芸術観と呼応するものではないだろうか [14]。ワミボウの知覚や聴覚というフィルターを通して読者に「見せ」たり「聞かせ」たりするのであれば、それは合理的で整理された世界ではなく、夢の世界であり、彼が発するのは秩序だった言葉ではなく「うめき声」や「狂ったような叫び声」だ。仲間の誰一人彼のことを理解しないように、ワミボウの叫び声は明確な意味を聞く者に与えてはくれない。ワミボウは、語り手にとって、目の前の現象を理解や知に回収することを避け、もやのようにぼんやりとした「印象」に収斂させる装置ではないだろうか。

3

　では、『ナーシサス号の黒人』の語り手である「我々」は、そして、語り手の背後の作者は、なぜワミボウのようなフィルターを必要とするのか。なぜ、音は、ワミボウの耳を通して遮られねばならないのだろうか。以下に、遮断せねばならない音の性質を探ってみよう。上の引用にあるように、ワミボウはいつも決まって特異な声や音が響く場面で登場する。彼の登場は騒音と切り離せない。「悪夢の世界からの使者」ドンキン（Donkin）が初登場し、得意の演説で「あの群集の単純素朴な本能」に訴え、すぐさま「彼らの」同情を勝ち取り、毛布や靴、ズボンなどさまざまなものを恵んでもらって立ち去ろうとした時、彼の前に耳の聞こえないワミボウが立ちはだかる。どけと言われても聞こえないワミボウは、「話している人物（ドンキン）を無言で凝視」（12）している。また、「強風の恐ろしい呪文」（"the horrible imprecations of the gale"）（49）に乗組員たちがじっと押し黙って耳を傾けている時も、ワミボウは集団の傍にいてただうな垂れている。暴風の後、監

第 2 章 『ナーシサス号の黒人』論 —— 耳の聞こえない船員ワミボウ ——

禁されていた船室から船員たちによって救出されるジミーが「大騒ぎ」("a distracting row") (54) している最中も、ワミボウは奇声を発しながらその救出作業において中心的役割を果たしている。時化を経て自信と反抗心を増していく「我々」は、「申し分のない芸術家」("that consummate artist") (79) であるドンキンを軽蔑しながらも、雄弁な彼の扇動的な言葉に耳を傾けずにはいられない。船の上での不平等を訴えるドンキンの弁舌——"'Who thanked us? Who took any notice of our wrongs? Didn't we lead a 'dorg's loife for two poun' ten a month?' Did we think that miserable pay enough to compensate us for the risk to our lives and for the loss of our clothes? 'We've lost every rag!'"——に「我々」はつい聞き入り、影響されていく。一方で、語り手は、集団の傍らにいるワミボウがそれをちっとも理解しない ("Wamibo did not understand" [80]) ことを必ず言い添えている。それはまるで、語り手もドンキンの弁舌に魅了されながらもそれでもその騒音に気をそらされまいとしてワミボウの知覚に逃げ込んでいるかのようである。

ナーシサス号の乗組員の騒がしい声は、この物語を典型的な海の物語として読む英国の当時の読者には、そして、失われた男同士の固い絆を懐かしみながら『ナーシサス号の黒人』を読む現代の読者・批評家にも、「気のいい、意味のない罵声の嵐」("the tempest of good-humoured and meaningless curses") (7) として響くことだろう。しかし、コンラッドにとってその「罵声の嵐」は無意味などではなく、むしろ「革命」という明確な「意味」を伝えるものだったに違いない。労働者の権利を訴え、乗組員たちを煽って反乱を起こそうと企むドンキンの言動が、あからさまに「革命的」であることはわざわざ指摘するまでもないが、例えばベルファストの一見たわいもない罵声 ("Here, sonny, take that bunk!... Don't you do it!... What's your last ship?... I know her.... Three years ago, in Puget Sound.... This here berth leaks, I tell you!... Come on; give us a chance to swing that chest!... Did you bring a bottle, any of you shore toffs?... Give us a bit of 'baccy...." [6]) は、その訛りの強い言葉がさまざまな国籍からなる下級船員の特徴をよく表し、コンラッドが下層の人間の特徴をよくとらえている例として考えられている[15]。しかし、

酒の飲みすぎで死んだ船長と搾取される船員というその内容（"I know her; her skipper drank himself to death.... He was a dandy boy!... Liked his lotion inside, he did!... No!... Hold your row, you chaps!... I tell you, you came on board a hooker, where they get their money's worth out of poor Jack, by—!..." [6]）は、「新参者」たちに自分たちの置かれた不当な労働状況を考えるきっかけを与え（"just to give the new hands something to think over"）、彼らの反抗心に火を点け、集団の規律を乱し、暴動を招きかねない扇動的なものではないだろうか。

　ナーシサス号はよく英国そのものを象徴していると考えられ、このアイルランド人ベルファストやもう1人の反抗的な乗組員ドンキンの言動は、当時大英帝国が抱えていた外国人や労働者の問題といった社会不安を反映しているということはよく言われてきた。また、コンラッドが書簡においてこうした英国社会の「民主化」に懸念を示し、英国が「大陸のスラム街で生まれた」「社会民主主義」に対する「最後の砦」であって欲しいと願っていたこともよく知られている[16]。そこからMichael LevensonやM. Northは、この物語にあふれる騒音に対するコンラッドの貴族主義的、保守主義者らしい嫌悪を指摘しているが[17]、父アポロ（Apollo Korzeniowski）を強く連想させる「革命」に対するコンラッドの感情は単純に嫌悪と言い切れるものではないだろう。語り手はドンキンを「悪夢の世界からの驚くべき来訪者」と呼んでいるが、その語り手「我々」が、ドンキンを「限りなく軽蔑」しながらも「魅了され」、どうしても彼の弁舌に「興味津々で耳を傾けてしまう」（79-80）。作者コンラッド、彼の分身である主人公たちも、「革命」を憎悪しながらどうしても「革命」の音に聞き入ってしまうのである。

　そして、コンラッドは革命運動を突き詰めたその先には「悪夢」しかなく、そこには父アポロと自分たち家族を襲った悲劇が待ち受けていることを知っている。これまでまとめて論じられたことはないが、コンラッドにおける非西欧の耳は、いつも聞こえない耳である。それらの非西欧の耳は、「禁じられた意見」に耳を傾けた結果、必ず最後には聞こえなくなるという運命を辿る。『西欧の目の下に』（*Under Western Eyes*）（1911）の場合、無類のおしゃべり好き

第 2 章 『ナーシサス号の黒人』論 —— 耳の聞こえない船員ワミボウ ——

であるロシア人たちの中で、ラズーモフ（Razumov）ははじめから「聞く人」としての役割を振り当てられていて、それが彼の悲劇の始まりである（"With his younger compatriots he took the attitude of an inscrutable listener, a listener of the kind that hears you out intelligently"）[18]。ラズーモフは、親しくもないというのに、政府要人の暗殺を決行した後突然彼の下宿に逃げ込んできたハルディン（Haldin）の話になぜ耳を傾けてしまうのかと自分でも疑問に思うほど、じっとハルディンの話を最後まで聞く。そんなラズーモフのロシアの耳は、革命運動家たちから「禁じられた意見」（UWE 6）を託すに値するとみなされてしまう。ハルディンを裏切ったラズーモフは最終的に、ロシア人スパイたちから制裁を受け、鼓膜を破られる。『西欧の目の下に』は、革命の権化ハルディンの声に耳を傾けすぎたラズーモフの悲劇の物語である。コンラッド作品中唯一祖国ポーランドを舞台にした晩年の短編「ローマン公」（"Prince Roman"）(1925) のローマン公も、妻を失った後、「自分の悲しみよりも大きな声」が呼ぶ場所に赴くこと、つまり成功の見込みのない革命に身を投じることによって、シベリア送りになり、収容所での過酷な生活で耳が聞こえなくなってしまう[19]。ワミボウのロシア系の耳は、こうした一連の非西欧の耳の一番始めに位置づけることができる。まるで父アポロの運命を教訓として、革命の声に聞き入った後に待ち受けている悪夢と悲劇を回避しようとするかのように、ワミボウのロシア系の耳には、初めから「革命」の声が聞こえない。したがって、ワミボウは、Ian Watt が言うような単に「英語がわからない」人物なのではない[20]。ワミボウはロシア語が聞こえない、理解できないロシア系の人物でなければならなかったと考えるべきではないだろうか。

『ナーシサス号の黒人』の世界で最も激しく轟いているのは、自己申告によれば風邪をひいて「胸を患っている」(21) らしいジミーの咳である。彼の咳が「爆発音のように大きい」ことは何度か強調されている（"He put his hand to his side and coughed twice, a cough metallic, hollow, and tremendously loud; it resounded like two explosions in a vault; the dome of the sky rang to it, and the iron plates of the ship's bulwarks seemed to vibrate in unison [17]; the nigger's cough, metallic and explosive like a gong." [33]）。「夢の中で

迫害されている人のようにいつもぜいぜい息をしている」(21) ジミーの姿や、ナーシサス号を襲う夜の嵐の冷たい水しぶき ("a freezing world") (66) や轟音を言葉にしながらコンラッドは、晩年結核で肺を患っていた父の（あるいは同じ病に苦しんだ自分の）咳の音や、彼ら一家が送られた極寒の流刑地での幼少時の「悪夢」の体験 ("the Russian experiences") を思い出さなかっただろうか。それらの音や、「有毒な源から濁流のように流れ出す」ドンキンの革命的弁舌 ("His [Donkin's] picturesque and filthy loquacity flowed like a troubled stream from a poisoned source." [80]) が、自分には英語というよりロシア語で語りかけてくるからこそ、ワミボウのロシア語耳はふさがれねばならなかったのではないだろうか。折しも、『ナーシサス号の黒人』の執筆に取り掛かる数カ月前、1895年から1896年にかけてコンラッドは、「信条を探し求めて」ヨーロッパ中を旅するロシア人青年画家の物語『姉妹』(*The Sisters*) に着手するもなかなか執筆は進まず、数か月後に断念したところだった[21]。この意味でも『ナーシサス号の黒人』の執筆はロシア人青年の声に耳をふさぐ作業だったのかもしれない。乗組員たちがドンキンの弁舌によって洗脳されてしまえば、おそらく『ベニト・セレーノ』(*Benito Cereno*) (1856) で描かれているような当時頻発した暴動が船上で起こり、ナーシサス号は本国にたどり着かなかったかもしれない。同じように、もし革命という（コンラッドにとっては）「悪夢の世界からの使者」の声に語り手が耳を傾けすぎたなら、ナーシサス号の本国までの航海の物語を語り手である「我々」は語り終えることはできないのではないか、という怖れがコンラッドにはあったのかもしれない。起点を定め、視覚に集中しようとしても、せり出してくる「ロシア的過去」という悪夢の音の世界を語り手がどう調伏し、「安全に」事物の表層にとどまるかはこの物語の視覚的手法の成功にかかっている。そのためワミボウの耳は、ロシア語が理解できない、聞こえない耳でなければならなかった。つまり、ラズーモフやローマン公の悲劇を回避し、印象主義的語りを成功させるために、コンラッドは初めから「革命」の声が聞こえない非西欧の耳を必要としたのである。

第 2 章 『ナーシサス号の黒人』論 —— 耳の聞こえない船員ワミボウ ——

4

　コンラッドがワミボウの耳を聞こえない耳にした裏には、「英国の作家」として出発しようという固い決意があったに違いない。東洋を舞台にした『オールメイヤーの阿呆宮』(*Almayer's Folly*)（1895）、『島の除け者』(*Outcast of the Islands*)（1896）の後に書かれた『ナーシサス号の黒人』は、コンラッドにとって設定上も技法上も新たな突破口となった作品である。しかし、実際のところ、この物語がそれまでの作品とは違う新たな創作活動の出発点にならねばならなかった事情がコンラッドにはあったのであり、その執筆にはさまざまな圧力が加わっていた。コンラッド一家の財政状況は相変わらず逼迫していたし、『ニュー・レヴュー』(*New Review*)の有力編集長 W.E.Henley が『ナーシサス号の黒人』のはじめの章に関心を示していたこともあり[22]、コンラッドは、この海の男たちの物語でもって、印象主義的手法を武器に本格的に英国市場に打って出ようとしていた。愛国的雑誌の主宰者であるヘンリーや、コンラッドと英国（の出版社）との橋渡しをするエージェントである Edward Garnett の機嫌をうかがいながら書かれた『ナーシサス号の黒人』は、結果として、コンラッドの作品中最も英国的と称される作品となったが、ワミボウは、言ってみればそうした、東欧人である作者には窮屈と思える執筆の中でコンラッドが見いだした「安全な」避難所だったのではないだろうか。そこに逃げ込めば雑音は遮断され、視覚を集中させて語ることができる——ワミボウは、語り手が印象主義的技法を順調に進めるために必要な存在だったのである。実際のナーシサス号は、ロシア系フィンランド人ワミボウという人物がいなくても本国にたどり着いた。しかし、音に「気を散らされてしまう」語り手が、ロンドンまでのナーシサス号の航海をワミボウなしに無事に語り果たせたかどうかはわからない。その意味で、マイナーな登場人物ワミボウは、印象主義的技巧を用いる「英国の作家」コンラッド誕生の影の立役者だと言ってもよいのではないだろうか。

注

1) Ian Watt, *Conrad in the Nineteenth Century* (Berkeley and Los Angels: University of California, 1979) 92. Wattは、ワミボウがナーシサス号以外の船に乗り合わせていたフィンランド人とも一致しないことを指摘している。ナーシサス号にフィンランド人は1人だけいたが、「ロシア系フィンランド人」ワミボウとなると、1880年から1881年のシドニーまでの *Loch Etive* 号の航海をコンラッドと共にしたノルウェー人のWamiboと、同じ船の本国までの帰りの航海で乗り合わせていたWaraboiというフィンランド人が組み合わさったものではないかとGerald Morganは指摘している。Gerald Morgan, "The Book of the Ship *Narcissus*," in Joseph Conrad, *The Nigger of the "Narcissus,"* ed. Robert Kimbrough (New York: W.W. Norton, 1979) 210 を参照。

2) ナーシサス号が、さまざまな国籍の人々で構成されるコンラッドの理想の共同体を体現しており、ワミボウの国籍もその一部であることについては、Elio Di Piazza, 'Conrad's Narrative Polyphony in *The Nigger of the "Narcissus",' Beyond the Roots: The Evolution of Conrad's Ideology and Art*, ed. with an Introduction by Wiesław Krajka (Boulder: East European Monographs; Lublin: Maria Curie-Skłodowska UP; New York: Colombia UP, 2005) 31 を参照。

3) Guerard 113; Ian Watt も、このジミー救済の場面のワミボウには言及しているが、特にその重要性を考察しているわけではない。Watt, *Essays on Conrad*, 80 を参照。

4) Ernest J. Moyne, 'Wamibo in Conrad's *The Nigger of the "Narcissus",' Conradiana* 10 (1), 1978, 55-61.

5) Joseph Conrad, *The Nigger of the 'Narcissus' and other Stories* (London: Penguin, 2007) 112. 以下引用はすべてこの版に拠り、括弧内にその頁数を記す。

6) "My task which I am trying to achieve is, by the power of the written word to make you hear, to make you feel—it is, before all, to make you *see*! That-and no more, and it is everything!" Joseph Conrad, Preface, *The Nigger of the 'Narcissus' and other Stories* (Oxford: Oxford University Press, 1984) xlii.

7) Bakhtinの「対話」理論を応用した例としては、Bruce Henricksen, *Nomadic Voices: Conrad and the Subject of Narrative* (Urbana and Chicago; University of Illinois Press, 1992) 23-46; Aaron Fogel, *Coersion to Speak: Conrad's Poetics of Dialogue* (Cambridge, Massachusetts: Harvard University Press, 1985)を参照。これらの解釈は、「声」や「聞くこと」に関心を寄せているが、その「声」が聞こえないワミボウには一切触れていない。

8) 村川堅太郎・江上波夫その他編『世界史小辞典』(山川出版社、1968) 546.

9) 聴覚でとらえられるものを探求することは不可視のものを探求することであるという考えに関しては、Don Ihde, *Listening and Voice: Phenomenologies of Sound* (Albany:

第2章 『ナーシサス号の黒人』論 —— 耳の聞こえない船員ワミボウ ——

   State University of New York Press, 2007) 51 を参照。
10) Maria Elizabeth Kronegger, *Literary Impressionism* (New Haven, Conn: College & University Press, 1973) 46, 47; Watt, *Conrad in the Nineteenth Century*, 169-80.
11) Uri Margolin, "Collective Perspective, Individual Perspective, and the Speaker in Between: on "We" Literary Narratives," *New Perspectives on Narrative Perspective*, eds. Willie Van Peer and Seymour Chatman (Albany: State University of New York Press, 2001) 241-45; Brian Richardson, *Unnatural Voices: Extreme Narration in Modern and Contemporary Fiction* (Columbus: The Ohio State University Press, 2006) 37-60.
12) Joseph Conrad, *Youth/Heart of Darkness/The End of Tether* (London: Dent, 1995) 82.
13) 『闇の奥』でもマーロウが、"a fool [...] is always safe" と言っている。Conrad, *Heart of Darkness* 97.
14) Conrad, Preface, *The Nigger of the 'Narcissus' and other Stories*, xl.
15) 例えば、Allan H. Simmons, 'Representing "the simple and the voiceless": Story-Telling in *The Nigger of the 'Narcissus,'* *The Conradian: Journal of the Joseph Conrad Society (U.K.)* vol.24. 1 (Spring 1999): 47.
16) Conrad, Letter to Spiridion Kliszczewski, 19th December, 1885. *The Collected Letters of Joseph Conrad*, Karl, Frederick and Laurence Davies, ed. vol 1. (Cambridge: Cambridge University Press, 1987) 16.
17) Michael Levenson, *A Genealogy of Modernism* (Cambridge: Cambridge University Press, 1984) 32. "All through Conrad's novel, the challenge to 'unspoken loyalty' is anarchic speech."; Michael North, *The Dialect of Modernism* (New York & Oxford: Oxford University Press, 1994) 40. "Levenson [...] has notices Conrad's distrust of noise and his characteristically nineteenth-century association of it with social discord."
18) Joseph Conrad, *Under Western Eyes* (London: Dent, 1947) 5. 以下引用はすべてこの版に拠り、括弧内に *UWE* という略記とともにその頁数を記す。
19) Joseph Conrad, *Tales of Hearsay and Last Essays* (London: Dent, 1963) 42. 以下引用はすべてこの版に拠り、括弧内に *THL* という略記とともにその頁数を記す。
20) Watt, *Conrad in the Nineteenth Century*, 103.
21) Joseph Conrad, *The Sisters: An Unfinished Story* (Milan: U. Mursia & Co., 1968) 33.
22) Watt, *Conrad in the Nineteenth Century*, 75-6.

第3章

『闇の奥』論
── マーロウの耳と共同存在 ──

1

　『ナーシサス号の黒人』におけるワミボウの存在は、個人の意識を起点として繰り広げられる印象主義的な（西欧的な）「目」の技法が、Thomas Moserの有名な言葉を借りるなら、いかにコンラッドの「気性に合わない」（"uncongenial"）ものであったかを暗示していた。そうして言わば他者の呼びかける声に必死で耳をふさごうとする『ナーシサス号の黒人』の最後で、「我々」の中から個人的語り手「私」が突如姿を現すことは、本章で『闇の奥』を個人の主観的印象主義を超えて共同性の物語として読み直そうとする上で興味深い。本章では、空間的現象としては対象化できない音の特異性に注目することによって、空間を横断し反響する音や声をとらえるマーロウの聴覚が、個の主体の「視点」に向かいつつ、時に主体という概念を超えた奇妙な複数性とでも呼べるものに開かれていることを論じてみたい。

2

　かつてIan Wattは、『闇の奥』の形式そのものが、「個人の理解の有限性やあいまいさ」を実演していると指摘し、語り手マーロウの役割は、現実が本質的に私的で個人的であることを示すことにあると述べた。こうしてWattは、H. ジェイムズ風の「記録する意識」（"registering consciousness"）でありつつ道徳的な論評と分析も行う語りの手法を "subjective moral impressionism" と呼び[1]、ヴィクトリア朝ロマンスの "captain courageous" ではなく、1890年代

第3章 『闇の奥』論 —— マーロウの耳と共同存在

のジェイムズの繊細な主人公の系譜でマーロウをとらえる流れをつくった[2]。例えばJohn Petersが、コンラッドの世界の道徳的虚無や混沌に抗う力として「個人の意識」や「主観性」の価値を改めて強調しているように[3]、ポストコロニアル理論やジェンダー理論が西欧中心的な中産階級白人男性の主体概念を解体し尽くしたように見える今日でもWattの主張はコンラッド批評においては依然として影響力を揮っているように思われる。

しかし、Wattの言ったように、マーロウの役割が、人間の知識がいかに限られたものであるかを示すことであるなら[4]、マーロウが時折はるか先の出来事まで「知りすぎている」ことはどう理解すればよいのだろうか。「病気と飢えの黒い影」となり果て「ゆっくりと死を待っている」瀕死の黒人たちを目撃し[5]、マーロウがポケットに入っていた堅パンを黒人に与える有名な場面の陰で目立たないせいか、これまで特に注目されたこともないが、マーロウはアフリカに到着して間もない段階で、目も眩むような日の光りの中でなぜか自分がこれからクルツに出会うであろうことを「予見」している。以下の一節において、彼は、首に鉄の輪をはめられ鎖で繋がれた黒人労働者たちが一列になって小道を上がっていくのを目撃するが、酷使され痩せこけた「鎖につながれた囚人」を「視界から追いやって」丘を登っていく彼の感覚は、「今、ここ」を超えて彼方に及んでいる。

> Instead of going up, I turned and descended to the left. My idea was to let that chain-gang get out of sight before I climbed the hill. [...] as I stood on this hillside, I foresaw that in the blinding sunshine of that land I would become acquainted with a flabby, pretending, weak-eyed devil of a rapacious and pitiless folly. How insidious he could be, too, I was only to find out several months later and a thousand miles farther. For a moment I stood appalled, as though by a warning. (33-34)

ここではわざわざクルツとの邂逅が時間的にも空間的にも「数カ月後」の「何マイルも離れた」場所で起こることに注意が喚起されている。また、川

を遡って行く途中、霧の中で原住民から藪から矢や槍の攻撃を受けて黒人の舵手が死んだ時も、マーロウは、クルツももう死んでいるのかもしれないという予感に突然おそわれている。Wattからすれば、このころには取りつかれたようにまだ見ぬクルツのことばかり考えていたマーロウが、舵手の死体を目の当たりにし、それと心の中にいるクルツと結び付けて考えても何ら不思議はないらしい[6]。しかし、ここで注目したいのは、目の前の光景一点に集中しているようで実は拡散しがちなマーロウの感覚である。果たしてそのような感覚は、「個の視点」という「技法」の名で説明し切れるのだろうか。むしろ、はるかかなたの時空に思いを馳せてしまうマーロウの感覚では、制限された個の「視点」に現実をなかなか収斂させることが難しいのではないだろうか。といっても、視点（個人という立場）における居心地の悪さは、モダニズム文学の主な特徴であり、そのことが生む語りの曖昧さや難解さは先駆的モダニストとしてのコンラッドのイメージをむしろ強化し[7]、とくに問題視されることもなかった。

　しかし、ここでは、コンラッドは印象主義者ではないとか、コンラッドの印象主義者としてのイメージはもう古いと言おうとしているのではない[8]。例えば、"I like what is in the work, —the chance to find yourself. Your own reality—for yourself, not for others—what no other man can ever know. They can only see the mere show, and never can tell what it really means"（52）というくだりは、Wattが言うように確かにコンラッドが私的な現実観、個人が見たものを描くという意味での「印象主義」と言われる技法を志向しているように思われる。それに、制限されたものとしての意識なしには、まわりの知覚世界についての秩序を自分のものとし、多少なりとも理解することはできないだろう。ただ、個人の意識の手法だけが強調されると、そこからはみ出す部分が見えにくくなってしまう——本論の主張に即して言うなら「聞こえにくく」なってしまうように思われるのである。

　実際、上の一節におけるマーロウの「予見」は、コンラッドの印象主義に関するPetersの説明——"The object appears as it actually appears—at a particular point in space and time and filtered through a particular human consciousness"

第3章 『闇の奥』論 ── マーロウの耳と共同存在 ──

──からは明らかにはみだすものであり[9]、むしろ、千里眼（clairvoyance）、つまり、「テレパシー」の一種とでも呼べそうなものである。そうだとすれば、それは、遠方から響く音へのマーロウのオブセッションとつながってくるのである。「テレパシー」と言っても、何か説明のつかない経路を通じて人物間で起こる共感的関係だけを指すのではない。もちろんコンラッドのテクストには、例えばクルツやジムとマーロウ、「秘密の共有者」における船長とレガット（Leggatt）の間におけるように、通常の意味でテレパシー的と言える関係が多々見うけられる。しかし、ここではNicholas Royleに倣って、「テレパシー」を虚構の語りの問題として考えてみたい。虚構の語りにおいて、誰かが誰か別の人物の心中を覗き込み、その人の考えや感情を読者に伝える、ということを我々は当たり前のこととして受け入れている。しかし、現実の生活では他人の気持ちや考えをこのようにいつでも好きな時に覗き込んで知るということは簡単にはできない。Royleは、他人の考えや気持ちに関する、よく考えてみれば不気味な（uncanny）な知識を、「全知」や「視点」という批評用語を無批判に使用することを避け、「テレパシー」として考え直そうとする[10]。「全知」では当然著者はすべてを知っていることが前提とされ、一方、「視点」では語り手がある登場人物の意識に入り込み、最も内奥にある秘された考えを記すということが前提とされている。しかし実際は、ある1人の語り手は、一度に1人の登場人物の内側にしか入り込むことができないし、彼あるいは彼女あるいは語り手が知っている未来は事実上限られていて不完全である。その意味で、「全知」というもともと宗教的な概念には常に全体化の傾向が付きまとい、一方、当の語り手や人物でさえ意識していないこと、そこに存在しないものまで考慮に入れる場合、「視点」はあまりに還元的である。例えばディケンズ（Charles Dickens）やウルフ（Virginia Woolf）のテクストで起こっていることは、「全知」はもちろん「視点」といった概念では説明しきれない声と「新しい耳」（"a new readerly ear"）の問題なのである[11]。Royleのいう「テレパシー的なもの」（the telepathic）の背後にあるのは、ヘンリー・ジェイムズが各作品に付した序文やJ.W.BeachやPercy Lubbockの『小説の技巧』（*The Craft of Fiction*）（1921）以来、語りにおいて視覚が特権化され続け、

「声」の重要性が無視されてきたという問題意識である[12]。Royleの言う「テレパシー」は、統一性のある単一の人格が持つ「視点」、つまり、光や視覚の問題ではない。それは、一貫性を持つ安定したアイデンティティや主体間で送受信されるものでもなく、主体自身も意識していない感情を含むもの——"a writing of distant minds, apprehensions of feeling and suffering in and of the distance, phantom communications, unconscious, absent or ghostly emotions, without any return to stabilized identities" ——である[13]。以下に見ていくように、この説明は、マーロウの聴覚の説明としても有効である。「見る」ことに対して、「聞く」ことの特徴は、その「対象」の偏在性である。空間を横断し、反響する音は、厳密には「現象」ではない。音は空間的現象としては対象化できないだけに、視覚のように「現存」（visual presence）や「現出」（manifestation）の論理ではとらえられない[14]。この意味で、彼の聴覚は感覚的体験の一つとして視覚と同質であるとは言い難い。

　マーロウはアフリカにおける西欧列強による植民地主義行為の目撃者であると同時に、ジャングルの闇の奥から轟く太鼓の音やクルツの声に取りつかれた「聞く人」でもある。目の前の現象を見つつも、マーロウの耳がとらえているのも絶えず遠くから響く不思議な音である。伯母に別れを告げたマーロウは、「白く塗られた墓」（24）を連想させる大都市からフランス船で出発する。マーロウを乗せた船は外から来る者に謎を突き付けているかのようなアフリカの海岸沿いに兵隊や税官吏を上陸させるが、波は時に、そうしてやって来た兵隊や税官吏という「侵略者」（31）を波打ち際で溺れさせる。しかし、船の客の中で「疎外感」を感じているマーロウには、そんな危険な波の「声」は、むしろ「自然でちゃんとした理由と意味をもっている」ように聞こえ、「兄弟の言葉のように」（30）喜びを与えている。時折岸から漕ぎだしてくるボートに乗った黒人たちの白い眼球の輝きが「遠くから」でもマーロウの目をとらえるが、彼らの叫び声や歌声も、危険な波と同じように自然で、「(彼らが) そこにいるのに何の弁解も必要ない」（30）ように彼には思える。マーロウは、上陸する際、フランスの軍艦がジャングルの中の見えない「敵」（31）に向かってしきりと大砲をうち込んでいるのを目撃し、

第 3 章 『闇の奥』論 ── マーロウの耳と共同存在 ──

上陸して中央出張所に向かう途中では、草原に転がるボイラー、片方の車輪が外れた状態で仰向けに転がるトロッコ、壊れた機械類、錆びたレールを目撃する。この荒廃した情景を見ている間も、マーロウの耳には、絶えずどこからともなく早瀬の音が聞こえている（"A continuous noise of the rapids above hovered over this scene of inhabited devastation." [32]）。この早瀬の音は、照りつける太陽の光を避けて木陰へ逃れたマーロウが、酷使されて死にかけている黒人労働者を目撃した時も彼の耳をとらえている（"The rapids were near, and an uninterrupted, uniform, headlong, rushing noise filled the mournful stillness of the grove, where not a breath stirred, not a leaf moved, with a mysterious sound—as though the tearing pace of the launched earth had suddenly become audible." [34]）。出張所に到着したマーロウは、この「大いなる退廃」(36) の中にあって、全身白ずくめで一点の乱れもない会社の会計主任から、初めてクルツの名前を聞き、クルツの待つ中央出張所目指して道なき道を進んでいくが、夜の静けさの中、時折遠くの方から聞こえてくる太鼓の音に何か深遠な意味があるのではないかと感じている（"Perhaps on some quiet night the tremor of far-off drums, sinking, swelling, a tremor vast, faint; a sound weird, appealing, suggestive, and wild—and perhaps with as profound a meaning as the sound of bells in a Christian country." [39]）。

やっと到着した中央出張所で、沈んだ蒸気船を引き上げて修理する仕事に数か月費やした後、マーロウはその船に乗って川を遡り、噂では病気らしいクルツの待つ「闇の奥」へと深く入り込んでいく。川筋を曲がる時に、マーロウは、森の茂みの影から叫び声をあげたり手をたたいたりする「黒人たちの不可解な狂乱」("a black and incomprehensible frenzy") の姿を見る。「あの野蛮で激しい大騒ぎ」は、自分たちとの間に「遠い縁戚関係」を連想させ彼をぞっとさせる。しかし、それは同時に、「あの音の恐ろしい率直さ」(62) には訴えかけるものがあり、その音に何か意味があるのかもしれないと彼に思わせる。マーロウは、「人間の精神には何でも可能だし、そこには何でもある」("The mind of man is capable of anything—because everything is in it, all the past as well as all the future. What was there after all? Joy, fear, sorrow, devotion, valor, rage—who can tell?—but truth—truth stripped of its cloak of time." [63]）と言う。「もはや原始の闇からあまりにも遠ざかってしまった」彼の聞き手たちには到底理解できない「悪魔のような騒ぎ」によって、彼は、精神の奥にある「時という外皮を引き剥がされた赤裸々な真実」に行き当たり、そこに抑えることのできない自分の「声」があることを意識する（"An appeal to me in this fiendish row—is there? Very well; I hear; I admit, but I have a voice too, and for good or evil mine is the speech that cannot be silenced." [63]）。

　クルツの出張所に近づいたところで、マーロウの蒸気船は「目もくらむほどの白い霧」（"the blind whiteness of the fog" [72]）に覆われる。やがて「白い霧」の中から「まるで限りない悲しみ（"desolation"）の叫びのようなとても大きな叫び声」に続いて、「不平でも訴えるような叫びが野蛮な不協和音」が「（マーロウらの）耳一杯に」轟く。マーロウには、白い霧自体が「四方八方から一斉に」（68）叫んでいるように感じられる。「綿花の山に深く埋まったかのように（マーロウらの）目が何の役にも立たない」（73）状況下で、他の白人たちはパニックに陥るが、マーロウには霧の向こうに隠れている「蛮人」が自分たちを襲ってくるとはとても思えない。彼は仲間の白人たちに、あの叫びは「抑えられない」「極度の」「悲しみ」の声だと説き（68）、頭がおかしくなったと思われている。実際マーロウは、例えば以下のように「悲しみ」という言葉を奇妙なほど何度も繰り返している。

> Unexpected, wild, and violent as they had been, they had given me an irresistible impression of sorrow. The glimpse of the steamboat had for some reason filled those savages with unrestrained grief. The danger, if any, I expounded, was from our proximity to a great human passion let loose. Even extreme grief may ultimately vent itself in violence. (73)

「四方八方から一斉に」「耳一杯に」轟く黒人たちの声から逃れる場所はマーロウにはない。彼らの声に耳をかさないという選択肢はないのである。彼ら

の「悲しみの声」は、不意にそして乱暴にマーロウをとらえ、彼はそれに抗うことができない。

3

矢の攻撃の後しばらくして、岸でしきりに腕を振っているカラフルな継ぎ接ぎの道化のような服を着た1人の白人——クルツの「最後の弟子」(96)——の招きでマーロウたちは上陸し、やっとクルツとの対面を果たす。「巡礼」たちは、まるで「象牙彫りの死の像」(97) のように痩せこけたクルツを「蛮人」から引き離し、担架で蒸気船の船室に運ぶ。マーロウを驚かせたのは、囁くことさえ無理なほどやせ衰えているクルツの「やすやすと、ほとんど唇を動かさずに発する声」の音量だった (98)。こうしてやっと保護されたにもかかわらず、クルツは夜中にジャングルからの太鼓の音に誘われて船から脱出する。ほとんど立てないほど弱っているクルツは、這って原住民たちの元へ戻ろうとする。クルツを追いかけるマーロウの中で、外の「太鼓の音」と自分の「心臓の鼓動」が重なる ("I remember I confounded the beat of the drum with the beating of my heart, and was pleased at its calm regularity." [105])。この時マーロウは、身体の内と外を区別できず、遠近感を失っている。遠くの方で聞こえていたはずの太鼓の音がからだの中の鼓動と重なり、近くで聞こえるはずのクルツの声が遠くのほうで響いているように感じられる。マーロウの頭がおかしくなってしまったわけではない。自分のしていることを理解しているのか、とクルツにささやきかけるマーロウは正気だ。マーロウのささやきに対してクルツは、「メガホンで呼んでいるように、はるか遠くで響いているような大きな声で」応え ("it [Kurtz's voice] sounded to me far off and yet loud, like a hail through a speaking-trumpet." [106])、彼に引き返すよう命じている。この場面は、「荒野の呪縛」によって、「太鼓の鼓動」や「呪文の唱和」に引き寄せられ、「人間に許された野心の範囲を踏み越えた」(107) クルツと、あくまで「人間に許された野心の範囲」内にとどまるマーロウの決定的な隔たりを示している。ところが、「さ迷い歩く苦しんだ亡霊」と成り果てたクルツが、「これ以上取り返しの

つかないほど失われてしまった」まさにこの瞬間に、マーロウは逆に、「一生、いや死後の世界までも続く我々の友情の礎石」が置かれたと言っている ("he [Kurtz] could not have been more irretrievably lost than he was at this very moment, when the foundations of our intimacy were being laid—to endure—to endure—even to the end—even beyond." [106]) [15]。クルツとの絆は永遠であり、この世の中を越えたつながりだとマーロウは言う。ここで起こっていることは、先述のRoyleの言葉を借りれば、まさに"phantom communication"としかいいようのない不可思議な「交流」である。船室に連れ戻されたクルツは、急速に衰え、ついに"horror! horror!"という「一切を要約し、判断する」(113) 言葉を残して船の上で死亡する。「この世における自分の魂の冒険」に対する「審判」の叫びを「肯定」であり「道徳的勝利」と見なすマーロウは、「最後まで、いやその後までもクルツに対する忠誠」を失わず(114)、帰国後クルツの婚約者と対面した際も、嘘をついてクルツの名声を守り、婚約者の「美しい理想の世界」("that beautiful world of their own" [80]) を守ろうとする。

　帰国して婚約者宅のドアの前に立つマーロウの前にクルツはジャングルとともによみがえる。マーロウは、奥地でやっと発見された時のように担架にのせられ、「全人類もろとも地球全体を飲み込もうとするかのように」貪欲に口を開けているクルツの「ヴィジョン」を見る。なまなましく、おそろしいまでにリアルなクルツの亡霊は、「雄弁という衣」を何重にも羽織っている。クルツの亡霊は、マーロウがアフリカで見聞きしたものすべてを従えて、マーロウと一緒に婚約者の家に入ってくる。

> The vision seemed to enter the house with me—the stretcher, the phantom-bearers, the wild crowd of obedient worshipers, the gloom of the forests, the glitter of the reach between the murky bends, the beat of the drum, regular and muffled like the beating of a heart—the heart of a conquering darkness. (117)

第 3 章 『闇の奥』論 ── マーロウの耳と共同存在 ──

帰国後のブリュッセルの婚約者宅という「今、ここ」の瞬間に、「遠くはなれたアフリカ」で体験したすべてが割り込み、現在を圧倒する。マーロウは、目の前の「もう1人の魂（婚約者）を救済するために」(118)、波のように押し寄せるアフリカ体験（"an invading and vengeful rush" [117]）を押しとどめなければならない。次の一節において、婚約者と握手を交わしている時、マーロウはアフリカで死に、そこで埋葬されたはずのクルツが今この瞬間に死んだばかりであるかのような感じにとらわれる。ここで起こっていることは、単純に過去のある時点のアフリカにおける記憶の再現という言葉で説明できるだろうか。婚約者との握手は、マーロウを「現在」につなぎとめる確固とした文字通り手触りのある証のはずだ。しかし、彼女との「今、ここ」での直接的なつながりも、マーロウには何らこの瞬間の現実感をもたらさない。むしろ彼女の手を握っている時、マーロウには、彼女がまるで時間を超越した存在であるかのように感じられるのである。

> [W]hile we were still shaking hands, such a look of awful desolation came upon her face that I perceived she was one of those creatures that are not the playthings of Time. For her he [Kurtz] had died only yesterday. And, by Jove! the impression was so powerful that for me too he seemed to have died only yesterday—nay, this very minute. I saw her and him in the same instant of time—his death and her sorrow—I saw her sorrow in the very moment of his death. Do you understand? I saw them together—I heard them together. She had said, with a deep catch of the breath, "I have survived"; while my strained ears seemed to hear distinctly, mingled with her tone of despairing regret, the summing-up whisper of his eternal condemnation. (119)

アフリカに上陸してすぐ「何マイルも離れた」奥地にいるクルツと「数カ月後」に会うことを予感していたように (34)、ここでは、すでに遠く離れたアフリカの地で死んだはずのクルツと、今ブリュッセルで、彼の目の前でクルツの死を悼んでいる彼女が同じ時空間にいるようにマーロウは感じてい

る。マーロウは「耳」を澄ましてクルツの死を悼む婚約者の口調と、クルツが自分に下した審判の声が交じり合うのをはっきりと聞き取っている。彼女は自分がクルツに「先立たれた」("I have survived") と言っているが、マーロウの聴覚において、彼女は「永遠に断罪し続ける」クルツとともにある。さらに次の一節では、クルツを称える彼女の声が、マーロウにはアフリカの闇の奥からの音を伴って聞こえる。

> ". . . Who was not his friend who had heard him speak once?" she was saying. "He drew men towards him by what was best in them." She looked at me with intensity. "It is the gift of the great," she went on, and the sound of her low voice seemed to have the accompaniment of all the other sounds, full of mystery, desolation, and sorrow, I had ever heard—the ripple of the river, the soughing of the trees swayed by the wind, the murmurs of wild crowds, the faint ring of incomprehensible words cried from afar, the whisper of a voice speaking from beyond the threshold of an eternal darkness. (120-21)

マーロウが耳にしているのは、もはや単純に「彼女の」声ではない。それは、「彼女の」声でもあり、「クルツの」声でもある。そしてそれは、これまでアフリカで聞いてきたすべての音を伴い、闇の奥からのささやきとなって響いている。マーロウの聴覚は、川を遡行する途中で白い霧の中から聞こえてきた黒人たちの謎めいた「限りない悲しみ ("desolation") の叫びのようなとても大きな叫び声」(68) と、クルツを失った婚約者の「悲しみ」("desolation") の声が響き合う不可能な空間を開いている。岸辺で狂ったように踊り騒ぐ黒人たちの声が、「不可解」("a black and incomprehensible frenzy" [62]) だったように、「永遠の闇の入り口の向こう」からやってくるこれらの声や音も「謎に満ちて」("full of mystery") いる[16]。それは、マーロウの聴覚においてのみ可能な謎に満ちた瞬間なのである。

4

　マーロウにとってクルツは、行動する人というよりまず「語る人」であり、「声」として存在する。クルツの「声」を求めて、「クルツと話すこと」を旅の「唯一の目的」として彼は奥地へ進んで行った（79）。そして、クルツの「声」を求める旅は、また、マーロウにとって、自分の「声」を探す旅でもあった。「闇の奥」へと川を遡行していく途中で黒人たちの騒ぎ声を聞いた時、自らの精神の「闇の奥」に何かその声に共鳴するものを感じ、自らの精神の「闇の奥」にも抑えることのできない「声」があることをマーロウは意識していた（63）。

　Guerardの Conrad the Novelist 以降、西欧列強による植民地主義行為の目撃者としてのマーロウの「暗黒大陸」の奥地への旅を、「自己」の内奥への旅（the journey into self）として読むことが定着したが[17]、「聞く人」としての彼の旅もやはり「自己」に向かっている。この「自我の内奥への旅」という側面は、現在も反復され続けているように思われる。

　例えば、『闇の奥』における「声」を、文学的技法を超えて、アイデンティティや「存在」（presence）の探求の問題として論じる Vincent Pecora は、「存在」の証としての「声」という考えを一見 J.Derrida 風に批判してはいるものの、クルツが自らに下した道徳的判断を、幻想と知りながら「主体」（subject）を肯定する行為と見なしている点で、「主体」概念への信仰をうかがわせている。『闇の奥』におけるこのような「主体」の肯定は、19世紀末の文脈では「形而上の要請」だったと Pecora は論じるのだが[18]、マーロウのクルツに対する忠誠に、絶望的な暗黒の世界における「自己認識」の可能性を見いだそうとする姿勢は、従来の主流コンラッド批評の姿勢と共通するものであり[19]、特に目新しいものではない。Pecoraの主張は、伝統的コンラッド批評の流れを汲んで、コンラッドの芸術において意味を生み出す個人の意識の重要性を改めて説く先述の Peters の議論とも重なる。

　それに対して、最近ではコンラッドのテクストにおける「声」の問題を論じる際に援用されることが多い Bakhtin の対話理論は、「私」の境界線の内

側ではなく、「私」と「他者」の意識の「境界線」で起こる「対話」という考えに基づいて、テクストの関心が孤立した個よりはさまざまな声の関係性にあることを指摘している[20]。しかし、すでに見てきたように、マーロウにとって問題はむしろ、間主体的なものというよりは、あらゆる「境界」や「間」("inter-") そのものが消滅してしまうことだった。マーロウは「永遠の闇の入り口の向こう」から響いてくる声や音（121）にどうしても耳をふさぐことはできなかったのである。

　問題は単数か複数かという二者択一の問題ではなく、聞く主体としてのマーロウの耳がとらえる声は奇妙に単数でもあり複数でもあるということである。マーロウの聴覚はそうした不可能な空間を開く。聞く主体（"a resonant self"）は、「自己」(a self) から出発して「自己」(a self) にまた戻るのではなく、「こだま」のように空間を横断して反響する[21]。「聞く」自己は見る対象のように主体から切り離され、対象化されてそこに「ある」のではなく、以下に説明されているように、聞くたびにそこで「起こる」。

> To be listening is to enter the spatiality by which, at the same time, I am penetrated, for it opens up in me as well as around me, and from me as well as toward me: it opens me inside me as well as outside, and it is through such a double, quadruple, or sextuple opening that a "self" can take place.[22]

「視点」の対象となる主体が「所与の」対象として「視点」にさらされるのに対して、聞く主体は、いかなる固定した意味や「視点」にも回収されず、響き渡る（"While the subject of the target is always given, posed in itself to its *point of view*, the subject of listening is always still yet to come, spaced, traversed, and called by itself, *sounded* by itself."）[23]。マーロウの耳が探求していたのがこのような自己ならば、個の視点に収束していくかのように見えて実は拡散する傾向をも見せていた彼の「闇の奥」への探求も、自己へのアクセスの「メタファー」("metaphor for access to self") ではなく、自己への「アクセスの現実」そのものである。白い霧の中からの黒人たちの叫び

第 3 章　『闇の奥』論 ── マーロウの耳と共同存在 ──

声（68）や、這ってジャングルに戻ろうとするクルツを追いかけた時のクルツの「メガホンで呼んでいるように、はるか遠くで響いている大きな声」（106）は、マーロウに対象との距離感を失わせ、嫌悪と裏腹の奇妙な共感を生んでいた。マーロウは、踊り騒ぐ黒人たちとの「遠い類縁関係」を想像してぞっとし、亡霊のようになり果ててもアフリカで成し遂げようとした壮大な夢に固執するクルツの声に「全身の血が凍りつく」思いがする（106）。しかしそれでも彼の耳は同時に、黒人たちの叫びに悲しみを、クルツの声には永遠の絆を感じていた。このように、マーロウにとって自己の「闇の奥」への「アクセスの現実」は、分かちがたく「自分のもの」でもあり「他者のもの」でもあり、「単数」でも「複数」でもある[24]。マーロウの耳が「闇の奥」に聞こうとしていたのは、不安定で分裂したモダニスト的自己でもなく、"interact" や "interchange" する Bakhtin の間主体性でもない、このような奇妙な複数性（"a singular plurality"）だったのではないだろうか[25]。

注

1) Watt, *Conrad in the Nineteenth Century*, 174.
2) Michael Greaney, *Conrad, Language, and Narrative* (New York: Palgrave, 2002) 60.
3) John G Peters, *Conrad and Impressionism* (Cambridge: Cambridge University Press, 2001) 123-158.
4) Watt, *Conrad in the Nineteenth Century*, 174.
5) Joseph Conrad, *Heart of Darkness with The Congo Diary* (London: Penguin, 2000) 35. 以下引用はすべてこの版から行い、頁数を括弧内に記す。日本語訳は、『闇の奥』（『コンラッド中短篇小説集2』）中野好夫訳（人文書院、1983）を参考にさせていただいたが、必要に応じ文脈に合わせて私訳を試みた。
6) Watt, *Conrad in the Nineteenth Century*, 239.
7) Watt も『闇の奥』が「これまでのどのフィクションにもまして不安や疑念を体現している」ことを強調している。Watt, *Conrad in the Nineteenth Century*, 174.
8) 印象主義がコンラッドの数ある技法のうちの一つにすぎないということは以前から言われている。Bruce F Teets, "Literary Impressionism in Ford Madox Ford, Joseph Conrad and Related Writers," rpt. in *Joseph Conrad: Critical Assessments*. ed. by Keith Carabine. vol. IV. (Robertsbridge: Helm Information, 1992) 37 を参照。Watt も、コンラッド自身は

印象派の絵画を好まず、主に視覚的な表面だけにこだわったものとして印象主義をとらえていたと述べ、彼をフランス印象派やフォード（Ford Madox Ford）とは区別している。Watt, *Conrad in the Nineteenth Century*, 173, 179 を参照。

9）Peters, *Conrad and Impressionism*, 21.
10）Nicholas Royle, *The Uncanny* (Manchester: Manchester University Press, 2003) 256.
11）Royle 262-65.
12）Royle 263.
13）Royle 268.
14）Jean-Luc Nancy, *Listening*. trans. by Charlotte Mandell (New York: Fordham University Press, 2007) 13, 20.
15）中野好夫訳『闇の奥』では、"lost"は「絶望的な」と訳されているが、ここでは「失われた」と訳した。
16）『闇の奥』では「永遠の闇の入り口の向こうからの声のささやき」の正体は、「謎」のままだが、前章で論じたように、この作品に先行する『ナーシサス号の黒人』では、声や音は「革命」や「反抗」とつながっている。『闇の奥』でも、クルツの"The horror!"というささやきの中には「反逆の震えるような調子」（"a vibrating note of revolt" [113]）があるとマーロウは言っている。
17）Guerard 1-59 を参照。
18）Vincent Pecora, 'Heart of Darkness and *The Phenomenology of Voice*,' *ELH*, 52 (1985 Winter): 1006, 1008-1009.
19）従来の主流コンラッド批評における「自己認識」論については、Allan H. Simmons, *Joseph Conrad* (London: Macmillan, 2006) 97-8 を参照。
20）Michael S. Macovski, *Dialogue and Literature: Apostrophe, Auditors, and the Collapse of Romantic Discourse* (New York and Oxford: Oxford University Press, 1994) 7.
21）Jean-Luc Nancyによれば、音楽あるいは音一般の問題は、"a question of going back from the phenomenological subject, an intentional line of sight, to a resonant subject, and intensive spacing of a rebound that does not end in any return to self without immediately relaunching, as an echo, a call to that same self."である（Nancy, *Listening*, 21）。
22）Nancy, *Listening*, 13-14.
23）Nancy, *Listening*, 21.
24）自己へのアクセスの「メタファー」や、「アクセスの現実」については、Nancyの次の一節を参照。'[L]istening—the opening stretched toward the register of the sonorous [...] can and must appear to us not as a metaphor for access to self, but as the reality of this access, a reality consequently indissociably "mine" and "other," "singular" and "plural,"

as much as it is "material" and "spiritual" and "signifying" and "a-signifying." (Nancy, *Listening*, 12)

25) ここでいう「複数性」とは、コンラッドにおける船乗りの集団のように、伝統的な個の主体の集合体として、同じ目的や絆で結ばれた共同体ではない。複数にして単数の共同存在（being singular plural）については、Jean-Luc Nancy, *Being Singular Plural*. trans. by Robert D. Richardson and Anne E. O'Byrne (California: Sanford University Press, 2000)『複数にして単数の存在』加藤恵介訳（松籟社、2005）を参照。

第4章

「秘密の共有者」論
―― 無条件の歓待について ――

1

　「秘密の共有者」("The Secret Sharer")（1909）における船長の旅は、未熟な若者が自己認識を獲得する過程のメタファーとして解釈されてきた[1]。確かに語りが船長の精神の「内面のドラマ」を描き出そうとしていることは否定できないが[2]、同時に船長の「自己」がその境界線を超えようとする身振りもそこには読み取れる。船長は、「自己」の殻の内側へと閉じこもろうとするが、そのたびに、というよりまさに閉じこもろうとするその行為そのものによって逆に「自己」の外へ投げ出され、他者レガットと出会う。にもかかわらず、船長の「自己」の外へと開かれた傾向は、これまでそのようなものとしてほとんど注目されてはこなかった。伝統的な解釈においてこの物語はまず何よりも船長の精神的成長を描いていなければならず[3]、そのような解釈においてレガットは血肉を備えた1人の人間というよりは、むしろ船長の無意識を象徴するもの、つまり、船長の隠された自我としてみなされてきた[4]。しかし、レガットは船長の妄想の産物ではない。見知らぬ者を名前も事情も尋ねずに自分の船に引き上げ、匿い、法の手の及ばぬ場所に逃がす船長は、自分の船という「共同体」に対する責任（responsibility）を超えて、レガットという他者に、単純に他者がそこにいるという事実に応答し、責任をとろうとしている[5]。法や道徳の問題を無視して逃亡殺人犯を救うというまさにこの点において船長の行為は批判されてきたのであるが[6]、本章では船長の「応答」（response）を、このように正義を回避する身振り

("evasion of justice") としてではなく[7]、Derridaその他の思想家たちが移民や難民問題の文脈で論じる、他者に対する無限の応答可能性（responsibility）としての新たな「正義」、つまり、倫理や法を超えた無条件の歓待の身振りとして考えてみたい[8]。孤独な個人の苦悩がいかに描かれているかに注目する従来のコンラッド批評の支配的パラダイムの下で、「反省」（内省）という、他者が不在な、自己との閉じた関係の物語として長く読まれてきた「秘密の共有者」は、他者との関係の物語、つまり、「歓待」の物語として広く読まれているとは言えない[9]。しかし、以下に論じる通り、コンラッドが外国人として生涯でおそらく最も疎外感を感じていた時期に書かれた「秘密の共有者」というテクストは[10]、仲間を犠牲にすることを厭わない「歓待的な」語り手によって他者に絶対的に開かれた決断の場、他者に無限に開かれた「正義」の場を可能にしようとしている[11]。

2

「秘密の共有者」の冒頭で、語り手である若い船長は以下のように１人で地平線を眺めている。

On my right hand there were lines of fishing stakes resembling a mysterious system of half-submerged bamboo fences, incomprehensible in its division of the domain of tropical fishes, and crazy of aspect as if abandoned forever by some nomad tribe of fishermen now gone to the other end of the ocean; for there was no sign of human habitation as far as the eye could reach. To the left a group of barren islets, suggesting ruins of stone walls, towers, and blockhouses, had its foundations set in a blue sea that itself looked solid, so still and stable did it lie below my feet; even the track of light from the westering sun shone smoothly, without that animated glitter which tells of an imperceptible ripple. And when I turned my head to take a parting glance at the tug which had just left us anchored outside the bar, I saw the straight line of the flat shore joined to the stable sea, edge to edge, with a perfect and unmarked closeness, in one leveled floor half brown, half blue under the enormous dome of the sky. Corresponding in their insignificance to the islets of the sea, two small clumps of trees, one on each side of the only fault in the impeccable joint, marked the mouth of the river Meinam we had just left on the first preparatory stage of our homeward journey; and, far back on the inland level, a larger and loftier mass, the grove surrounding the great Paknam pagoda, was the only thing on which the eye could rest from the vain task of exploring the monotonous sweep of the horizon. [12]

この冒頭部分における風景描写は、通常孤独な船長の心象風景として理解されており、そこには船長の自己の不安が投影されていると考えられてきた。船長の目は、「単調に広がる地平線をずっと眺めわたして」いる。後に語り手自身が、「この地平線の範囲内で」船長は「何でも好きなことができるし、誰も私に逆らうことはできない」("theoretically, I could do what I liked, with no one to say nay to me within the whole circle of the horizon" [113]) と言っているように、確かに彼の目の前に広がる地平線の領域を彼の自己の内側、意識の領域とみなすことは可能だろう[13]。船長としての初仕事を前にして彼は1人甲板にたたずんで自分の精神の内側を覗き込み、自分がこれからの長い航海を成し遂げる力が果たしてあるのかどうかを自問しているかのようである ("at the threshold of a long passage we seemed to be measuring our fitness for a long and arduous enterprise" [92])。しかしながら、以下に見ていくように、船長は1人になってただ自分と向き合っているだけではない。彼の孤独は単純にナルシスティックなものではなく、むしろ彼を自己超越へと、他者との邂逅へと誘う[14]。通常の歓待において、「主人」は「客」を迎えるための「家」を持っている。しかし、René Schérerが言うように、無条件の歓待においては、「家」を持たないこと（つまり自己の同一性を奪われていること）が客を迎えるための条件である。何度も自分のことを「よそ者」("a stranger") と呼び、自己の同一性に安心して寄りかかることができない船長はこの意味でいつでも無条件の歓待が可能な状態にあると言える。コンラッドにおいては主

第4章 「秘密の共有者」論 ── 無条件の歓待について ──

要なテーマである「孤独」が、「秘密の共有者」においては自己を内側へと閉じ込めず、むしろ外へ、そして他者と出会いへと開いていくことは、「秘密の共有者」が自己言及的な、閉じた『西欧の目の下に』を中断して書かれたという創作の経緯と無関係ではないだろう。では以下に、「秘密の共有者」の言わば外に開かれた孤独とでも呼べるものの意義をよりはっきりさせるために、『西欧の目の下に』のナルシシズムをまず見ておこう。

　「秘密の共有者」の語り手である船長は、一見マーロウやクルツ、ジムのようなコンラッドの孤独なヒーローを思わせる。彼らは皆自己の理想像を掲げて闇の奥へと旅立つが、そのように「私」を自己の中心に据えようとし続ける限り、彼らは永久に自己と折り合いをつけることができず喪失感に苛まれることになる。マーロウが「暗黒大陸」の中心にクルツという「うつろな人間」を発見したように、『西欧の目の下に』の語り手である英国人の老語学教師はロシアの雪に覆われた大地に「広大な空虚」を見いだす（"Under the sumptuous immensity of the sky, the snow covered the endless forests, the frozen rivers, the plains of an immense country, obliterating the landmarks, the accidents of the ground, levelling everything under its uniform whiteness, like a monstrous blank page awaiting the record of an inconceivable history." [*UWE* 33]）。語学教師も、これらの探検家のように語りの「企て」（"enterprise"）にのり出すが、「ロシア的性格」を理解する能力が自分にはないと繰り返す彼の冒険的企ては無駄に終わる（"it is a vain enterprise for sophisticated Europe to try and understand these [Russian] doings." [*UWE* 126]）。語学教師は、「ロシア」を理解できないと言ってはたびたび「西欧の読者」に語りかけ、自らと「西欧の読者」の間を行き来する。こうして結局は「ロシア」という他者と向き合うよりは「西欧」の「自己同一性」の殻に閉じこもろうとする語り手は、語れば語るほど語りの対象としての東欧の他者から遠ざかる。彼の語りの失敗が暗示することの一つは、他者は「彼の（西欧の）」範疇で整理されたり場所を与えられたりする単なる対象ではないということかもしれない。英国人である語学教師が、他者の「理解」につとめ、他者を他者のまま受け入れるということができないということは、他者そのものを見

失うことであり、それは結局自己の同一性さえも失うことになる。他者がいないということは、他者のまなざしもないということである。他者のまなざしが欠落した世界でどうやって人は「私」の「アイデンティティ（同一性）」なるものを持つことができるだろうか[15]。ここで再び「秘密の共有者」の冒頭部分に戻るなら、このように閉じた『西欧の目の下に』を中断して書かれた「秘密の共有者」の語り手が、自己の内面を喪失することを恐れ、その後も異常なほど部下という他者の「目」を気にする、言い換えれば、他者を気遣うことは驚くにあたらない。『西欧の目の下に』の語りが東欧の他者を「西欧の目」で対象化し、文字通りその「下に」置こうとする「無駄な」("vain") 試みだったとすれば、「秘密の共有者」は、「西欧の目」の下で他者に「ついて」語ろうとする行為を中断し、自己の殻から出て他者に語りかけ、応答しようとしたのではないだろうか。『西欧の目の下に』と「秘密の共有者」の違いの一つはここにあるように思われる。

したがって、部下が「疑うような」目で絶えず自分を監視しているという船長の思い込みも、よく言われるような「パラノイア」というよりは、他者への気遣いとして考え直すことができるのではないだろうか[16]。たいていの批評家は語り手の言葉を鵜呑みにして、若い新米船長を部下たちが信用していないととらえ、船長らしく振舞わない彼が本当に "eccentric" だったのかどうかを検証しようとする。しかし、信頼できない個人的な語り手の陳述が結局のところ真実かどうかは確かめようがない以上、そのような検証は必然的に「認識論的袋小路」に行き当たるだろう[17]。語り手は、船長としての初航海を前にして極度の不安が高じて精神を病んでしまったのかもしれないし、そうでないかもしれない。どういう理由・事情であれともかく確実に言えることは、船長が自らを他者の視線にさらし、他者をそして彼らの「批判」を気にかけているということだ。彼は、自分が他人の意識の中で無視しえないある場所を占めていることを確認しようとしているのではないだろうか[18]。語り手は「自分を多かれ少なかれ批判的に見守っている部下」("those people who [are] watching [him] more or less critically" [*TLS* 126])にとって自分が優柔不断な船長だと思われていると思い込んでいる。レガットをコーリ

第4章 「秘密の共有者」論 —— 無条件の歓待について ——

ン島に上陸させるため無謀な接岸を決行して一等航海士を驚かせた時、語り手は部下の「ものすごい髭が無言の非難をこめて（自分のまわりに）とびまわる」かのように感じている（"His [the mate's] terrible whiskers flitted round me in silent criticism." [132]）。繰り返すが、これは単に船長個人の「パラノイア」的な姿勢や志向ではなく、この短編全体に浸透している他者への応答である。レガットも他者（「自分の船であるセフォーラ号に属さない誰か」）の視線にさらされたかったのだと後で船長に明かしている——"I didn't mind being looked at. I—I liked it. [...] I was glad to talk a little to somebody that didn't belong to the *Sephora*" [110-111]）。「秘密の共有者」における視線は、自分にとっての自分という閉じた自己関係より、「他者の他者としての自分」を映すものに違いない。

Erdinast-Vulcanは「秘密の共有者」の冒頭部分の分析の中で、自己を囲い込もうとする身振りがこの短編では結局は失敗に終わると述べ、「秘密の共有者」は、『西欧の目の下に』の執筆で崩壊した主体的位置を何とか強化しようとする苦し紛れの試みだと主張する[19]。しかし、冒頭の一節における、崩れかけ、打ち捨てられて水に浸かっている「柵」や「垣根」によって表される境界線の崩壊や消滅は、自己喪失の恐怖と闘ってきたコンラッドのこれまでの語り手の系譜のおそらく最後に位置する「秘密の共有者」の船長が、（Erdinast-Vulcanの言葉を借りれば）「主体の領域を仕切る」（"stake out a territory of selfhood"）ことの空しさをひしひしと感じていることを示しているのではないだろうか[20]。その意味では、「秘密の共有者」の語り手である船長は、「言葉の荒野」（"a wilderness of words" [*UWE* 3]）で結局は自己も他者の他者性も見失ってしまう『西欧の目の下に』の語学教師よりは、「精神の荒野のエキスパート」（"the expert in the psychological wilderness"）として『運命』（*Chance:A Tale in Two Parts*）（1913）でおよそ20年ぶりに復活するマーロウに近いと言えるだろう[21]。「秘密の共有者」の船長は、「西欧的自己」の地平線を見渡してもおそらく何も見当たらず退屈でつまらない（"monotonous"）ということ、自らの「西欧の目」と意識の届く範囲内に何ら自分を落ち着かせるものが見当たらないということを知っているか

のようである。したがって、彼が自らの「目」による探索を「無駄な作業」と呼んでいることは何ら不思議ではない。「単調に広がる地平線をずっと眺めわたして退屈した際に、ほっとして目をとめることができるもの」は、彼にとって慣れ親しんだ西欧的な何かではなく、東洋的なもの――「ペカムの大塔を取り巻く森」(*TLS* 91-92)だけである。船長は、すでに意味をなさなくなった漁の「区切り」を見限って大海の向こうの果てに去っていった放浪の民に思いを馳せている。まるで西欧的な自己同一性の地平の向こうにある何かを求めるように「さ迷う（船長の）目」は、「完全なる孤独」の心象風景を遮るものを、日没直前、昼と夜の挟間で発見する。セフォーラ号のマストと明かりである。先ほど述べた他者の視線にさらされるという観点から考えるなら、船長の視界と孤独が、見知らぬ船の明かりによって遮られるというのは興味深い。

　船長は自分が孤独な「よそ者」であると何度も繰り返し、1人になろうとする。しかし、そのことによって彼が安全に自己の内側に引きこもることができるのかというとそうでない。彼は船長としては「異例の処置」(95)を次々と重ね、「自分の理想像」(94)から「逸脱」("eccentricities" [126])していく。船長は、自らが見張りに立つことを申し出て部下たちを甲板から下がらせて1人になろうとするが、そのことによって停泊当直が「規則どおり」行われず、「毎日の決まった任務」が「きちんと」なされなかったために放置された梯子につかまっている見知らぬ人物を発見し、「手厚く」("hospitably")船に迎え入れる[22]。船長ともあろう者が得体の知れない到来者をこのように反射的に船に引き上げることは、船乗りは言うまでもなくコンラッドの読者にも容易には受け入れがたいだろう。しかし、船長にとっては逆に「レガットが船に上がろうとしないこと」が「思いもよらない」ことであり、彼はレガットがもしかしたら船に上がりたくないのではないかと考えただけで「変に困って」いる("[i]t was inconceivable that he [Leggatt] should not attempt to come on board, and even strangely troubling to suspect that perhaps he did not want to" [98])。さらに驚くべきことに、その見知らぬ人物が人を殺したと打ち明けた時、船長は「自信たっぷりに」「かっとなっ

第4章 「秘密の共有者」論 ―― 無条件の歓待について ――

たのだね」(101)と返している。自分が部下から "eccentric" (97)だと思われているのではないかと心配している通り、船長は文字通り自己の中心からずれていく。

3

「秘密の共有者」について論じたほとんどの批評家が、船長が主体的に行動をとっていることを前提に議論しているように[23]、通常、伝統的な物語の登場人物は主体的に判断し行動していると考えられている。しかし、1人で見張りに立とうとして自分がせかしたために部下がそのままにしていった梯子を、それが自分のせいで放置されたという「後悔の念」からではなく、「まるで反射的に」引き上げたように（"[n]ot from compunction certainly, but, as it were mechanically" [97]）、レガットを迎え入れる船長の行動は初めから一貫して受け身である。船長のレガットに対する一連の反射的反応を見ていると、それらの行動を大方の批評家と同じように「彼自身の選択」であるとか「彼自身の決定」という言い方で説明することが果たして妥当なのかと問いたくなる。

　主体的行為は行為者の意識によって生じるものである以上、それは必然的に行為者の関心＝利害（interest）に基づいたものである。一方、Schrérerが言うように、無条件の歓待は、単なる「利害への気遣い」に応ずるものではない。また、それは、他者の利害への気遣いに応ずるものでさえない[24]。歓待性とは、単に体験的なものとか、主体としての人間の行動様式とか、ありふれた社会的習慣といったものではない[25]。むしろ、「無条件の歓待」は、「出来事」（event）であり、起こった時点で個人的な主体が意志的にとりうる行為・行動ではあり得ない。それは、「私」の関心を排した非主体的行為である[26]。行為者である「私」が「歓待を行っている」と意識したとたん、「歓待」は「歓待」ではなくなる。条件的な歓待が、アイデンティティや名前を確認した上でその義務と権利を定める計算可能な歓待であるのに対して[27]、自らが属する共同体の構成員を犠牲にしてまでも、訪れるものを無条件に、相手が何者か問いただすことなく、受け入れる「秘密の共有

者」の「歓待」は、「無条件」である。義務として「歓待」を行うならそれはもはや「無条件の歓待」ではない[28]。意識をしたその時から、「私」が自らを「主人」（a host, a master）と規定したその時から、「私」は自身の視点から、訪れるものを「被歓待者＝客人」として見（objectify）、自身を「主人」として見るディコトミーの罠にはまってしまう[29]。「主人」と「客」の両方を意味する"l'hôte"は、交互にあるいは同時に主人でも客でもあるそのことによって、主客の二項対立を切り崩し、超えようとする[30]。"l'hôte"という語の両義性が示すように、招く者と招かれる者はこのように代わる代わる、あるいは同時に主にして客である。以下に見るように、船長とレガットの間の主‐客の関係も、"l'hôte"という語の持つ両義性をそのまま実演するかのごとくいつでも反転可能であり、固定された階層関係ではない。

では以下にこの点を再び冒頭の一節に戻って考えてみたい。ここでは船がこれから始まる長い航海の出発点にいるということが何度も強調されている（"we had just left [the mouth of the river Meinam] on the first preparatory stage of our homeward journey"; "She [the captain's ship] floated at the starting point of a long journey." [91-92]）。「長い航海の入り口」に立って（"at the threshold of a long passage" [92]）、「自分の理想像にどこまで忠実に合致するであろうか」と自問する船長は（94）、クルツやジムのように自らの理想像に囚われている。レガットは後に、船長を初めて見かけた時のことを振り返って、船長が甲板で誰かを「待っている」（110）ようだったと述べているが、「出発点（境界線）」で誰かを待つ囚人というイメージは、Derridaがその歓待論の中で描く、「家の戸口」（"the threshold of his home"）で「気もそぞろに見知らぬ客（"the stranger"）の訪れを待ちうけている」主人そのものだ。やがて主人は、「地平線のかなたから客人が救い主のように現れる」のを目にとめる[31]。Derridaは、その歓待論において、人質としての「自己」を解放してくれる客人が現れるのを今か今かと待ちわびる主人の「奇妙な論理」について次のように敷衍している。

[T]he stranger, here the awaited guest, is not only someone to whom you say

第 4 章 「秘密の共有者」論 ── 無条件の歓待について ──

"come," but "enter," enter without waiting, make a pause in our home without waiting, hurry up and come in, "come inside," "come within me," not only toward me, but within me: occupy me, take place in me, which means, by the same token, also take my place, don't content yourself with coming to meet me or "into my home." Crossing the threshold is entering and not only approaching or coming. [32]

レガットも単に船長に「接近する」だけでなく、彼の心を、部屋を「占領」し、彼の食事をとり、毎朝のコーヒーまで飲んでいる

It was lucky that some tins of fine preserves were stowed in a locker in my stateroom; hard bread I could always get hold of; and so he lived on stewed chicken, *Pate de Foie Gras*, asparagus, cooked oysters, sardines—on all sorts of abominable sham delicacies out of tins. My early-morning coffee he always drank; and it was all I dared do for him in that respect. (127)

Derridaの論じる「家の主人」のように、船長も到来者レガットに「名前も代償も求めることなく」「我が家のすべてやおのれの自己」を差し出す[33]。セフォーラ号のアーチボルド船長が逃亡した部下を追ってやってきた時、「主人」である船長は、「客」であるレガットにすっかり心を「占領」され、目の前のアーチボルドに意識を集中させることができない。

He [Captain Archbold] was densely distressed—and perhaps I should have sympathized with him if I had been able to detach my mental vision from the unsuspected sharer of my cabin as though he were my second self. There he was on the other side of the bulkhead, four or five feet from us, no more, as we sat in the saloon. I looked politely at Captain Archbold (if that was his name), but it was the other I saw, in a gray sleeping suit, seated on a low stool, his bare feet close together, his arms folded, and every word said between us falling into the ears of his dark head bowed on his chest. (117)

そして、船長は、レガットのような男はそもそもセフォーラ号のような船の一等航海士にはふさわしくなかったと言う目の前のアーチボルドに賛同するのではなく、そこにはいない逃亡犯レガットと一体化している。

I had become so connected in thoughts and impressions with the secret sharer of my cabin that I felt as if I, personally, were being given to understand that I, too, was not the sort that would have done for the chief mate of a ship like the Sephora. I had no doubt of it in my mind. (119)

さらに、レガットを船室に匿っている間、「人目をはばかって神経を張り詰め、努めて小声で話したり、興奮しても表には出せないあたりの空気」で、「くたくた」(111) なのは、当然そのような様子が期待される逃亡者レガット（客）の方ではなく「主人」の船長である。レガット（客）の話に耳を傾けながら船長（主人）は時折不注意にも興奮して声をあげてしまい、レガット（客）に制止されている。対照的にレガット（客）は冷静沈着そのもので2人の会話が乗組員たちに盗み聞きされないよう気遣う余裕さえみせている(109)。また、不意に浴室に入ってきた給仕にレガットが危うく発見されそうになった時、船長は、レガットが「不屈の精神」で「危機一髪」の状況をうまくきりぬけたこと（"the closeness of the shave"）に驚いている。この状況で気が狂いそうなのは、主人である船長であって客のレガットではない（"Whoever was being driven distracted, it was not he [Leggatt]. He was sane." [131]）。

客レガットによる間一髪の行動を、"the closeness of the shave" と呼ぶ語り手は、後にレガットを上陸させるために「できるだけ船を岸に近寄せる」主人としての自らの行為を、似たような表現を用いて、"to shave[s] the land as close as possible" (139) と呼ぶことで主客の二項対立をかく乱しようとする。また船長は、コーリン島への接岸の最中に傍らで悲観して騒ぎたてる一等航

第 4 章　「秘密の共有者」論 —— 無条件の歓待について ——

海士をつかんで小突き続けるが、その行為はよく指摘される通り、セフォーラ号でのレガットの殺人をそのまま再現している（"I hadn't let go the mate's arm and went on shaking it. 'Ready about, do you hear? You go forward'—shake—'and stop there'—shake—'and hold your noise'—shake—'and see these head-sheets properly overhauled'—shake, shake—shake." [141]）[34]。船長（主人）とレガット（客）がこっそりと部屋を抜け出し暗い通路から帆の格納室まで出た時のことに言及する際に語り手は、客（レガット）を「もう 1 人の船長」（"the double captain"）と呼んでいる。そして、この時船長（主人）の脳裏に突然「裸足で帽子もかぶらずうなじに太陽の光を浴びてさまよう」（レガットではなく）「自分」の姿が浮かび、彼は自分の頭から帽子をはぎ取って「もう 1 人の自分」（"his other self"）（138）であるレガット（客）の頭に無理やりかぶせている。

　本来こそこそしてもおかしくない逃亡者レガットの方が落ち着いて堂々としているため、彼は未熟な船長の理想とすべき姿を体現しているとか、彼の方が語り手よりも船長の職にふさわしいのではないかということが言われたりする[35]。しかし、ここまで見てきた通り、船長とレガットの主・客の階層関係がいつでも反転可能であるように、理想／現実というような明白な 2 項対立の図式も固定されず、船長の理想としてのレガットというイメージは切り崩されている。こうして絶えず反転を繰り返す 2 人の関係は、まさに、先述の主人と客の両方を意味する "l'hôte" そのものの曖昧さを実演している。レガットとひそひそと小声で話しながら、船長は、自分とレガットの両方が「客」（"the two strangers in the ship, faced each other in identical attitudes" [110]）であるような気がし、また後にレガットが自分をカンボジア沿岸沖の島に置き去りにしてくれと頼んだ時は、「まるで船の針路を計画する船長が 2 人いるみたい」（"as if the ship had two captains to plan her course for her" [134]）に感じている。

　いつレガットの存在が部下に知れるやもしれないという緊迫した状況の中で船長は一度ならず「こんなことは長く続かない」（"this sort of thing [can]not go on very long" [112, 123]）と言っている。一見船長のこの言葉は、悪事は

隠し通せない、つまり、レガットが犯した殺人という罪は遅かれ早かれ露見するということを指しているように思える。しかし、無条件の歓待とは、「外からやってくる客の力を借りて」、自分の家にいる主人が「まるで外からやってきたかのように」「内部から（自分の家に）入る」という矛盾した、不可能な出来事であり、その性質上「長くは続かない」のである[36)]。矛盾した出来事にふさわしく、船長とレガットは別れ際に最も深く結ばれている——"Our hands met gropingly, lingered united in a steady, motionless clasp for a second. ... No word was breathed by either of us when they separated" (138)。そうこうするうちに、甲板ではすべての部下が船長の命令を待って待機し、船が進みだすと船長は、船とも船長という立場とも「完全な一体感」を得ている——"And I was alone with her. Nothing! no one in the world should stand now between us, throwing a shadow on the way of silent knowledge and mute affection, the perfect communion of a seaman with his first command" (143)。物語がこのように手際よく閉じることで、我々はつい未熟な若い船長が最終的には自分や部下に対する「よそよそしさ」(strangeness) を克服し、自己をそして船を掌握するに至ると解釈してしまいたくなる。しかし、これまで言われてきたように船長が最終的には自己を取り戻し、「よそ者」(a stranger) ではなくなるとは簡単に断定できない[37)]。なるほど船長は、別れ際に最も親密な形でレガットに受け入れられ、あれほど打ち解け難いと感じていた部下たちにも、彼が魅了されていた船（"he found the ship 'very inviting' at first" [96]）にも最終的には受け入れられている。船という「家」の「主人」としての船長に招かれて (invited) いた客は、レガットであり、部下たちだったはずだ。ところが、物語最後で「迎え入れられる」(welcomed) のは、むしろ「主人（オート）」である船長の方である。自分が招き入れようとした者によって船長が逆に招き入れられているのなら、つまり、船長が他者によって歓待を受けているのなら、本来「主人（オート）」であるはずの船長こそまさに「客人（オート）」であり、船長自身何度も言っていた通り、「よそ者」(the stranger) であるということになる。客人を迎え入れる主人としての船長がここでは「自分の家」である船「のなかで」、船「から」受け入れられている。まさに「ホストとしての主人はゲスト」な

● 66

第 4 章 「秘密の共有者」論 ── 無条件の歓待について ──

のである。

　船長がこのように自分が主であるはずの家において実は家から歓待される「客」なのだとしたら、彼がその主である、つまり自分のものだと思っている「家」、つまり船は「彼のものではない」ことになる。「迎え入れる者は、まず最初に我が家に迎え入れられている」というこの事態──最も自分のものだと思えるものを奪われた「根源的な所有権はく奪」の状態──こそが「我が家」を「通過の場ないし借家(パサージュ)」にしてしまう。自己が自己の内に閉じこもろうとするナルシスティックな意味においてではなく、おそらく、この意味において船長は航海に先立ち何度も何度も自分が「よそ者」のような感じがすると言っていたに違いない。「自分の」船を奪われ、船長は水平線の向こうからやってくる「到来者」("who or what turns up")を待つとはなしに待っていた[38]。この時、何がやってくるのか、果たして何かがやってくるのかを知っているわけでもなくただ受け身で待っている船長は通常は個人的主体が有するはずのイニシアティヴを奪われている。そして、不意に「ミステリアスなよそ者」レガットが到来し、「家（船長の場合、船）が『避難所』としてみずからをみずからに開く」("[t]he dwelling opens itself to itself [...] as a 'land of asylum or refuge.'")という「出来事」が起こる[39]。Schrérerによれば、追放者（よそ者）が家の主人に迎え入れられるのは、迎え入れる者がよそ者に自らのイメージを重ねるからであるが、歓待は訪問者に永遠のすみかを提供するのではなく、「庇護」を与え「延命」を保証するだけである[40]。レガット自身の言葉を借りるなら、レガット（客）も、船長（主人）が声をかけたおかげで「（梯子に）少しだけ長くつかまっていられた」ようなものだ（"you [the captain] speaking to me [Leggatt] so quietly—as if you had expected me—made me hold on a little longer" [110]）。

　「秘密の共有者」は船長の行動が「自己肯定的」("self-affirming")であるがゆえに長く評価されてきた[41]。しかし、ここまで論じてきたように、おそらくテクストは、失われてしまった「自己」を取り戻すことよりも、むしろ、船長のそしてレガットの疎外感（strangeness）、つまり彼らがともに追放者（"a fugitive and a vagabond on the earth" [142]）であることを肯定（affirm）し

67

ている[42]。物語最後の一文、"a free man, a proud swimmer striking out for a new destiny"（143）がレガットを指すのか船長を指すのかは故意にあいまいにされていると言われてきたが[43]、地図にない未知の島を目指すレガットにとってのみならず、レガットという他者と出会い「自己」の牢獄から解放された船長にとっても、これからが"a stranger"として、"a free man"としての本当の旅立ち（departure）だろう。

4

「秘密の共有者」に取りかかった時、コンラッドは『西欧の目の下に』の執筆で憔悴し、深刻な神経衰弱状態にあった[44]。著者自身が、『西欧の目の下に』執筆の「緊張を緩和するために」「秘密の共有者」を書いたと言っているため[45]、結末で希望の見いだせる「秘密の共有者」は『西欧の目の下に』執筆の言わば「セラピー」として書かれたと考えられがちである[46]。しかし、無条件の歓待はおそらくそのような希望の身振りというよりは、むしろ、絶望の身振りではないだろうか[47]。『西欧の目の下に』のラズーモフのように、「専制と革命の無法さ」（UWE 77）に弄ばれ個人としての意思決定権を完全に奪われたかに見える絶望的状況において、我々にできることは、「秘密の共有者」の船長がそうだったように、事態がおのずから生起するにまかせてただ待つしかないように思われる。ただ何もせず受け身でいることを肯定しているわけではない。『西欧の目の下に』で絶望から目をそらさず、徹底的に絶望と向き合うことなしに「秘密の共有者」における船長の完全な受動的態度――絶対的な歓待――は起こりえなかったに違いない。

「秘密の共有者」は単に無条件の歓待についての物語であるばかりでなく、語りの各レベルにおいて無条件に歓待的である。セフォーラ号上で騒ぐ仲間を殺し船室に監禁されていた時「徹底的に考え抜いた」後、レガットは、「ちゃんと決心する前に」（TLS 108）「突然」海に飛び込んだ。戻る場所も、「よじ登る所もどこにもない」（109）まま泳ぎ続けたレガットは、船長の船から垂れ下がっている梯子を思いがけず発見する。その時の自分にとっての問題は、「梯子から手を放してくたくたになって沈むまで泳ぎ続けるか、あ

第4章 「秘密の共有者」論 ── 無条件の歓待について ──

るいはここで船に上るか」だったというレガットの言葉は、船長にとって「単なる絶望時の決まり文句」などではなく、「意志強固な人間が本当にどちらか決めかねている問題」("a real alternative in the view of a strong soul" [99])に思えた。レガットがこのように事態がおのずと生起するにまかせたように、そもそも「全然思ってもいなかった時に」(110)船長に任命された語り手もまた、すべてを運にまかせ、「家（船長の場合、船）が『避難所』としてみずからをみずからに開く」まで待っていた。

　このように「待つとはなしに待つ」ということは、執筆の行き詰った作家コンラッドの目から見ても「真の選択肢」だったに違いない。『西欧の目の下に』を中断したコンラッドは、執筆の難局が偶然ふと打開されるのをおそらく期待するとはなしに期待していたのではないだろうか。「秘密の共有者」が執筆されるに至った経緯は謎で[48]、我々はどうしてもこの短編が偶然ふって湧いて出たと考えてみたくなる。著者コンラッド自身によると、物語のもととなる事実はもう何年も手元にあったらしく（"Author's Note," *TLS* viii）、それらは「秘密の共有者」という形をとって突然作家のもとを訪れた（"turned up"）ようだ[49]。そして、作者は、船長自らが船内の掟を無視して逃亡者を無条件に受け入れるという、厳しい倫理観が支配する彼の主要な作品にとっては異質なこの物語を、つまり、典型的なコンラッドの物語からは「逸脱した」、まさしくコンラッドの正典の「他者」としての物語を無条件に受け入れた。

　「秘密の共有者」の語りの場が特定されないこともまた、無条件の歓待という観点から考えることができる。『闇の奥』や『ロード・ジム』の場合と違い、「秘密の共有者」では、いったい誰が誰に向かって語りかけているのかが明示されていない[50]。『西欧の目の下に』における他者の突然の暴力的な乱入についての長く苦しい考察の後、コンラッドは、今度は偶然やって来る名付けえぬ訪問者としての自分、偶然(チャンス)としての自分に呼びかけ、偶然(チャンス)を、自分という偶然(チャンス)を受け入れる準備ができたのではないだろうか[51]。語り手の解釈や「判断」に異議を唱えたり反論したりする、例えばジムにとってのマーロウのような他者が「秘密の共有者」にはいないことを批判する批評家

69

は多い[52]。そのような批評家は、語り手のパースペクティヴを修正する装置としての聞き手がいないことによって、読者が「判事や陪審員の立場」に置かれることになると言うがそうだろうか[53]。「秘密の共有者」を通常の社会の法や倫理を超えた無条件の歓待の物語として読もうとする我々読者は、むしろ、「判事や陪審員」のような、処罰の対象から切り離された安全な場所から投げ出され、自らが他者であること、つまり、正体不明の聞き手（宛先）(an unidentified addressee) であることに気付くだろう[54]。その意味で、物語の最後で未知の目的地に向かって旅立つ船長やレガットは言わば我々読者という正体不明の、未知の宛先に向かって泳ぎだすと考えられる。「秘密の共有者」はあまりに「典型的なコンラッドの物語」に見えるために[55]、すでに確立された解釈から自由な読みをすることが極めて難しい物語である。しかし、それでも、いやそれだからこそ、コンラッドの正典の他者であるこの物語をあるがまま無条件に受け入れることが我々には求められているのではないだろうか。船長は「不思議な到来者」を意味の牢獄に監禁することなく、つまり自分の理解の枠組みに回収し、アーチボルド船長のように殺人犯と呼んで法の前に連れ出したりすることなく異質なまま異質なものとして、「他者としての他者」として受け入れた。そうしてレガットは消えゆくものの「痕跡」としてのみ「現前」する[56]。レガットは結局船長以外の乗組員に姿を見られることなく旅立った。船長だけが、「現前」を交わして逃げ去る何かの痕跡的な出現としてのレガットの「痕跡」を、彼が逃げ去るその過程を見守り、目撃した。彼の語りはレガットが残した痕跡の証言である。我々読者も、この謎めいたテクストの「意味」が逃れ去るままにまかせ、その逃亡の跡をしっかりと見守る。「支配するのではなく、忠実に反復しようとするのでもなく、テクストがみずから開くままにまかせつつ、テクストへの暴力をあたうかぎり回避」しようとする我々読者も、テクストを「無条件で受け入れ、限りない注意をもって歓待する」だろう[57]。現前をかわして逃げ去る他者は永久に知り得ないと言いたいのではない。Levinasが言うように、むしろ歓待は他者を知るための条件なのである[58]。このように、「秘密の共有者」は、テクストそのものを指すのであれ、レガット、語

第 4 章 「秘密の共有者」論 ── 無条件の歓待について ──

り手、聞き手、作者、読者、誰をあるいは何を指すのであれ、新たな到着地（a new destination）、新たな読みに向けて出発し、誰にも支配されることなく、「差出人」（著者あるいは語り手？）、未知の「受信人」としての著者／語り手／読み手／読者にただ歓待されるテクストとしてそこにある。

注
1) 枚挙にいとまがないが、例えば、Simmons 169 を参照。
2) Brian Richardson, "Construing Conrad's 'The Secret Sharer': Suppressed Narratives, Subaltern Reception, and the Act of Interpretation," *Studies in the Novel*, 33.3 (Fall 2001): 317.「秘密の共有者」を内向きの回想とするその他の解釈については、例えば、R. W. Stallman, "Conrad and 'The Secret Sharer,'" Joseph Conrad, *Conrad's Secret Sharer and the Critics*, ed. Bruce Harkness (California: Wadsworth Publishing Company, INC., 1962) 97; Daniel R. Schwarz, "'The Secret Sharer' as an Act of Memory," Conrad, *"The Secret Sharer": Case Studies in Contemporary Criticism*, ed. Daniel R. Schwarz (Boston: Bedford, 1993) 101 を参照。
3) 通過儀礼の物語としての「秘密の共有者」の伝統的な解釈については、John G. Peters, *The Cambridge Introduction to Joseph Conrad* (Cambridge: Cambridge University Press, 2006) 95 を参照。
4) Guerard の議論はレガットを象徴と考える潮流をつくった。Guerard 24. この伝統は現在まで脈々と受け継がれている。例えば、Louis H. Leiter, "Echo Structures: Conrad's 'The Secret Sharer,'" Conrad, *Conrad's Secret Sharer and the Critics*, 145-7, 149; Steve Ressler, *Joseph Conrad: Consciousness and Integrity* (New York and London: New York University Press, 1988) 82; Lothe 71; Schwarz 106, 109-110, Simmons 169 を参照。
5) 「歓待」において招かれる客は「不意にやってきて、そこに現れ、そこにいるだけでよい」。René Schérer, *Zeus hospitalier: Élogue de l'hospitalité* (1993; Paris: La Table Ronde, 2005) 148.
6) 船長が法や道徳の問題を「無視」していることについては、例えば、Schwarz 95 を参照。大部分の批評家にとって、船長がレガットの罪を「安易に見逃している」ことは受け入れがたい。特に、H. M. Daleski, *Joseph Conrad: The Way of Dispossession* (London: Faber and Faber, 1977) 173-174; Lothe 62; Donald C. Yelton, *Mimesis and Metaphor: An Inquiry into the Genesis and Scope of Conrad's Symbolic Imagery* (Mouton: The Hague and Paris, 1967) 281; Ressler 85 を参照。

7) Cedric Watts, *The Deceptive Text: An Introduction to Covert Plot* (Sussex: The Harvester Press Limited, 1984) 89.
8) Jacques Derrida, *Of Hospitality*, trans. Rachel Bowlby (1997; California: Stanford University Press, 2000) 149, 151. 日本語訳は、『歓待について—パリのゼミナールの記録』広瀬浩司訳（産業図書、1999）を参考にさせていただいたが、一部文脈に合わせて私訳を試みた。
9) Garry Watson, *Opening Doors: Thoughts from (and of) the Outside* (Aurora, Colorado: The Davies Group, Publishers, 2008) は、「秘密の共有者」を「歓待の語り」の例と考える稀な例である。しかし、Watson は聖書のアブラハムの燔祭の挿話の解説を通して Derrida の無条件の歓待を宗教的・倫理的観点から論じる際に必要に応じて「秘密の共有者」に言及しているだけで、作品の解釈を提供しているわけではない。
10) 自分の作品の不人気は、"foreignness"によるのではないかとコンラッドは書簡の中でこぼしている。"I suppose there is something in me that is unsympathetic to the general public—because the novels of Hardy, for instance, are generally tragic enough and gloomily written too—and yet they have sold in their time and are selling to the present day. Foreignness I suppose." Conrad, Letter to J. Galsworthy, 6th Jan. 1908, Karl and Davies, eds., *The Collected Letters*, vol 4. 9-10.
11) 「法＝外」な正義については、Jacques Derrida, "Force of the Law: The 'Mystical Foundation of Authority,'" *Deconstruction and the Possibility of Justice*, ed. Drucilla Cornell, Michel Rosenfeld and David Gray Carlson (New York and London: Routledge, 1992) 15 を参照。
12) Joseph Conrad, "The Secret Sharer," *'Twixt Land and Sea* (London: Dent, 1966) 91-92. 以下引用はすべてこの版に拠り、括弧内に *TLS* という略記とともにその頁数を記す。日本語訳は、「秘密の共有者」（『コンラッド中短篇小説集3』）小池滋訳（人文書院、1983）を参考にさせていただいたが、一部文脈に合わせて私訳を試みた。
13) 不安な自己意識の投影として冒頭部分を詳細に分析したものとしては、例えば、Daphna Erdinast-Vulcan, *The Strange Short Fiction of Joseph Conrad: Writing, Culture, and Subjectivity* (Oxford: Oxford University Press, 1999) 30-50 を参照。
14) Schwarz は見る行為という観点から「秘密の共有者」の内省とナルシシズムを論じている。Schwarz 96. 一方 Schrérer は、ジャン・ジュネ（Jean Genet）の『綱渡り芸人』（*Le Funambule*）における「ナルシシズム的ではない孤独」はむしろ他者や異邦人と出会うための第一条件であり、歓待は人間を「自己超越」へと引っ張っていくと論じている。René Schérer, *Utopies nomads: En attendant 2002* (Paris: Séguier, 2000) 172, 184, 186 を参照。
15) Emmanuel Levinas の論じる他者の歓待（"the face to face relation"）は、「秘密の共

第4章 「秘密の共有者」論 ── 無条件の歓待について ──

有者」の船長とレガットの関係を考える上でとりわけ多くの示唆を与えてくれる。Emmanuel Levinas, *Totality and Infinity: An Essay on Exteriority*. trans. Alphonso Lingis, (Pennsylvania: Duquesne University Press, 1969) 69, 82-90, 187-219. Levinasの言う "the welcome made to the face"（82）と同じように、「秘密の共有者」の船長もまずレガットの「顔」を歓待する。"[H]e [Leggatt] raised up his face, a dimly pale oval in the shadow of the ship's side"; 'What's the matter? I asked in my ordinary tone, speaking down to "the face upturned exactly under mine" (*TLS* 98). また、船長と初めて会った時レガットが裸であることも、Levinasの論じる絶対的他者・異邦人のむきだしの裸性という観点から考察することができる。Levinas 199-200を参照。「私」に注がれる眼差しと他者の喪失については、八木茂樹、『「歓待」の精神史』（講談社選書メチエ）（講談社、2007）145を参照。

16) 船長のパラノイアについては、Daphna Erdinast-Vulcan, *The Strange Short Fiction of Joseph Conrad,* 37; Richardson, "Construing Conrad's 'The Secret Sharer,'" 310; Daniel R. Schwarz, "'The Secret Sharer' as an Act of Memory," *"The Secret Sharer": Case Studies in Contemporary Criticism*, Joseph Conrad, ed. Daniel R. Schwarz (Boston: Bedford, 1993) 103, 105; James Phelan, "Sharing Secrets," *"The Secret Sharer": Case Studies in Contemporary Criticism*, 130.

17) 語り手の陳述が真実かどうかを認識論的に検証している代表例としては、Richardson, "Construing Conrad's 'The Secret Sharer,'" 307を参照。

18) 他人の意識のなかで無視しえない場所を占めているということとひとの存在証明については、鷲田清一『「聴く」ことの力―臨床哲学試論』（TBSブリタニカ、1999）96-97を参照。

19) Erdinast-Vulcan, *The Strange Short Fiction of Joseph Conrad*, 46-47.

20) Erdinast-Vulcan, *The Strange Short Fiction of Joseph Conrad*, 38.

21) Joseph Conrad, *Chance* (Oxford: Oxford University Press, 1985) 311.

22) もちろん通常の条件付きの歓待の意味においてであるが、伝統的な批評家の中で唯一Stallmanは船長の行為を「歓待」("the host's 'stressed' welcome of the guest") と呼んでいる。Stallman 99を参照。

23) Schwarz, "'The Secret Sharer' as an Act of Memory," 101; Daleski 181; Ressler 85; Phelan 129, 130, 134, 141; Miller, J. Hillis. "Sharing Secrets," *"The Secret Sharer": Case Studies in Contemporary Criticism*, 234; Lothe 61.

24) Schrérer, *Zeus hospitalier*, 126-7.

25) Schrérer, *Utopies nomads: En attendant 2002*, 153, 172, 184, 186.

26) 歓待と無私については、八木115-116を参照。

27) Schrérer, *Utopies nomads*, 184.

28）Derrida, *Of Hospitality*, 83.
29）歓待のパラドクスについては、八木116を参照。
30）"l'hôte" という語の曖昧さについては、Derrida, *Of Hospitality*, 123-125; Schérer, *Zeus hospitalier*, 147, 148.
31）Derrida, *Of Hospitality*, 121.
32）Derrida, *Of Hospitality*, 123.
33）Derrida, *Of Hospitality*, 77
34）一等航海士に対する船長の暴力がレガットの殺人行為の反復であることについては、Leiter 142; Ressler 90; Phelan 142; Miller 240. ただ、「危機一髪」("closeness of the shave") の反復については筆者の知る限り指摘はない。
35）船長の理想像としてのレガットについては、Daniel Curley, "Legate of the Ideal," *Conrad's Secret Sharer and the Critics*, 75-82; Schwarz 105; Ressler 83, 84.
36）Derrida, *Of Hospitality*, 125, 127.
37）船長は最終的に分裂した自己を統一し、自分にとって「よそ者」ではなくなるという主流の見方については、Daleski 171, 182; Schwarz 109; Miller 246; Erdinast-Vulcan 45.
38）Derrida, *Of Hospitality*, 77.
39）「自分こそ場所の所有者であると信じている迎え入れる主人が、実は、自分の家に受け入れられる客人である」ことについては、Jacques Derrida, *Adieu to Emmanuel Levinas* (California: Stanford University Press, 1999) 41-42 を参照。日本語訳は、『エマニュエル・レヴィナスへ　アデュー』藤本一勇訳（岩波書店、2004）を参考にさせていただいたが、必要に応じ文脈に合わせて私訳を試みた。
40）「庇護」については、Schrérer, *Zeus hospitalier*, 40、「延命」については同書126-7.
41）Ressler 80; Yelton 282.
42）Schrérer によれば、「歓待の徳」が究極的に行きつくところは「現世の流謫」である。Schrérer, *Zeus hospitalier*, 40.
43）Leiter 149; Yelton 285; Stallman 97.
44）Zdzisław Najder, *Joseph Conrad: A Life* (Rochester, New York: Camden House, 2007) 405.
45）Najder 405.
46）Ressler 81; Erdinast-Vulcan 35.
47）絶望の身振りとしての歓待については、鷲田『「聴く」ことの力―臨床哲学試論』257、また、待つことと歓待についても、鷲田『「待つ」ということ』（角川書店、2006）181を参照。
48）Miller 235; Erdinast-Vulcan 46.

第4章 「秘密の共有者」論 —— 無条件の歓待について ——

49) エージェントであるピンカーへの手紙の中でコンラッド自身、"turn up"という表現を用いている——"Anyway I started looking for a subject and this one turned up, which could have been made use of in the form of an anecdote, but I hadn't the heart to throw it away. The story ["The Secret Sharer"] you have is the result of that reluctance. We may call it 10 000 words; it is a very characteristic Conrad [...]." (Conrad, Letter to J.B.Pinker, 15th December, 1909. *Collected Letters*, vol. 4, 297-298)

50) 「秘密の共有者」の語りの場が特定されないことと、罪という秘密の共有に対する読者の反応については、Phelan 128-144 を参照。名前のない語り手の不完全な「告白なき告白」("confession without confession")としての「秘密の共有者」の解釈については、Miller 234-235 を参照。

51) 見知らぬ「客」としての自分自身を「名前なしで呼ぶ」ことについては、鵜飼哲『主権のかなたで』(岩波書店、2008) 18 を参照。

52) Yelton 281; Lothe 71; Miller 234-235; Phelan 129; Erdinast-Vulcan 37.

53) Miller 237.

54) 「宛先」の問題については、Jacques Derrida, "Le facteur de la vérité," *The Post Card: From Socrates to Freud and Beyond*, trans. Alan Bass (Chicago: University of Chicago Press, 1987) 413-496 を参照。

55) Conrad, *Collected Letters*, vol. 4, 298.

56) 〈名づけをかわして逃げ去るなにか〉と意味、現前については、湯浅博雄『応答する呼びかけ』(未来社、2009) 59-84 を参照。

57) テクストを「無条件で受け入れ、かぎりない注意をもって歓待すること」については、梅木達郎、「テクストを支配しないために—ジャック・デリダに—」『現代思想』(青土社、2004) 159-161 を参照。

58) Levinas 89-90.

第5章

「秘密の共有者」補論
―― 記憶の持ち主について ――

1

　本章では、議論の拡散を避けるため前章の「秘密の共有者」論では触れなかった、髭の一等航海士の戯画と白い帽子の挿話を取り上げ、これらの挿話が「無条件の歓待」と一見無関係なように見えて実は密接に関係していることを以下に論じていく。一等航海士の挿話は、ディケンズ的な戯画以上のものとして注意を引いたことはほとんどなく、白い帽子の挿話に至っては、船長の分裂した自我を統一する役割を果たすとはいえ、物語を「偶然」によって強引に締めくくるものとして否定的にとらえられており、この2つの挿話を結びつけるような考察は筆者の知る限りない。ところが、以下に論じていくように、この2つの挿話もまた、通常の物語を読む上で我々が自明のこととしている、（西欧的な）個人的主体としての登場人物という考えや、その考えを前提として人物の内面の謎や秘密を解き明かし空白を埋めつくそうとする認識論的態度に疑問を呈しており、その意味で、すでに論じた「歓待」の問題と響き合っていると考えられる。

2

　「秘密の共有者」の船長の行動を「無条件の歓待」として考えた時、それは個人的主体が把握しうる「体験」ではなく、個人的主体の意図とは無関係に不意に訪れる「出来事」であるということについてはすでに前章で見た。そのような性質上、無条件の歓待は、本来それが起こっている時点において

第5章 「秘密の共有者」補論 ── 記憶の持ち主について ──

「無条件の歓待」の行為として行為者に認識されること、まして語られることもない[1]。コンラッドの語り手兼主人公あるいは登場人物は、いつも、意図的な行為というよりは、とっさに取ってしまった行動を後から回想して語る。その意味では「秘密の共有者」の船長の「経験」も、本来表象不可能な「過去」の「秘密の」「経験」を語ろうとしている、と一応は言えそうである。コンラッドの同時代の例えばキプリング（R. Kipling）やハガード（R. Haggard）の冒険譚でも、個人的語り手が、過去の異郷での体験を振り返って語るのであり、「秘密の共有者」もそのようなパターンを踏襲していることは間違いない。実際例えばSchwarzは、この物語を"a painful act of memory"と呼び、「濃密な内省のプロセス」が「語り手の記憶の中で生き生きとよみがえる」ことを大前提として議論を進めている[2]。しかし、興味深いことに一方で複数の批評家たちが、船長の語りは（マーロウの語りと違って）、語られている出来事と語りの行為の間に時間的隔たりが感じられないと述べている[3]。Guerardなどは、「秘密の共有者」の手法を、"nonretrospective"な一人称の語りの最も成功した例とまで言い切っている[4]。物語の同じ側面についてこのように相対する反応が出ることはコンラッドにおいて特に珍しいことではないが、それにしても、複数の批評家たちがこの物語に過去の感覚が欠けていると感じているのはどういうことなのだろうか。レガットの件があたかも今目の前で起こっているかのように「生き生きと」船長によって語られている（そのように作者が語らせている）からだということはもちろん否定できない。しかし、何よりも、「秘密の共有者」の過去の感覚を損ねてしまっている大きな要因は、以下の一節にあるように、語り手である船長の、過去の記憶が時にあいまいであること、そして彼がそのことを臆面もなくさらけ出していることにあるのではないだろうか。以下の引用にあるように、船長は、レガットを追いかけて彼の船までやってきたアーチボルド船長の名前をよく覚えていない。

> The skipper of the *Sephora* had a thin red whisker all round his face, and the sort of complexion that goes with hair of that colour; also the particular,

77

rather smeary shade of blue in the eyes. He was not exactly a showy figure; his shoulders were high, his stature but middling—one leg slightly more bandy than the other. He shook hands, looking vaguely around. A spiritless tenacity was his [Archbold's] main characteristic, I judged. I behaved with a politeness which seemed to disconcert him. Perhaps he was shy. He mumbled to me as if he were ashamed of what he was saying; gave his name (it was something like Archbold—but at this distance of years I hardly am sure), his ship's name, and a few other particulars of that sort, in the manner of a criminal making a reluctant and doleful confession. (*TLS* 116)

I looked politely at Captain Archbold (if that was his name), but it was the other I saw, in a gray sleeping suit, seated on a low stool, his bare feet close together, his arms folded, and every word said between us falling into the ears of his dark head bowed on his chest. (117)

確かにここで語り手は、アーチボルド船長の名前をよく覚えていないと言っている。しかし、かといって、今まで言われてきたように、単に語り手の記憶力が乏しいだけのかいうとそうとも言い切れない [5]。というのも、一方で語り手は、アーチボルドが「見栄えのする」("showy") 風貌ではないにもかかわらず、彼のひげや髪、目の色を、そして、彼の「片方の足がもう一方に比べて外に曲がり気味」であるというような細かい特徴は覚えているからだ。むしろ、語り手は、アーチボルドの名前を言っておいてわざわざそれに対する自らの記憶の不確かさに我々の注意を向けようとしているようにも受け取れる。語り手の一見無責任な忘却ぶりが単なるいい加減さ以上の意味を持つように思われるのは、それがどうも他の登場人物の「執拗さ」("tenacity")——過去に起こったことにいつまでもこだわる性質——と対比され、語り手の、そして物語全体の価値観を反映していると考えられるからだ。では、以下に、船長以外の登場人物が過去の出来事に執着する姿を見てみよう。

第5章 「秘密の共有者」補論 ── 記憶の持ち主について ──

　語り手は、上の一節で、アーチボルドの「主な特徴」が"a spiritless tenacity"だと言っている（116）。「執拗さ」とはもちろんアーチボルドが、殺人を犯して逃げた部下レガットを追って語り手である船長の船までやってきたことを指している。語り手はまた別の箇所で、レガットの件について2カ月以上も「悩み続け」（117）、いまだに暴風雨の恐怖を忘れられずにいるアーチボルドを、"a tenacious beast"（122）とも呼んでいる。語り手もアーチボルドも、船内の規律を乱す者の処遇に関して船長として同じ義務を有するはずであり、レガットを法の手に引き渡そうとして追いかけてきたアーチボルドは船長として当然のことをしているに過ぎない。したがって、船長がそれを「執拗だ」と受け取っていること自体が奇妙である。語り手にとって、船長としての義務は、"pitiless obligation"に過ぎず、アーチボルドの「執拗さ」は理解できない（"His [Archbold's] obscure tenacity [...] had in it something incomprehensible and a little awful; something, as it were, mystical" [118]）。

　「執拗さ」と聞いて思い出すのは、同じく「恐ろしいほどの鬚」をたくわえたあの一等航海士である。Wojciech Kozakは、鬚という2人の共通点をヴィクトリア朝の父権制への帰属という観点から論じているが[6]、彼らの共通点は、髭が象徴する家父長制への盲従ばかりではない。語り手である船長が見た一等航海士の「主な特徴」も、アーチボルドと同様「執拗さ」にある。

> His [The chief mate's] dominant trait was to take all things into earnest consideration. He was of a painstaking turn of mind. As he used to say, he "liked to account to himself" for practically everything that came in his way, down to a miserable scorpion he had found in his cabin a week before. The why and the wherefore of that scorpion—how it got on board and came to select his room rather than the pantry (which was a dark place and more what a scorpion would be partial to), and how on earth it managed to drown itself in the inkwell of his writing desk—had exercised him infinitely. (94)

　かつてStallmanは、船長とレガットについて「持論を展開」したければ、

我々読者はこの一等航海士のように「すべてを真剣に考慮に入れる」べきだと冗談まじりに述べた[7]。以後批評家たちは、まさにStallmanが言うように、サソリの逸話をレガットの侵入の「メタファー」[8]、あるいは「メタフィクション」と考え[9]、船長とレガットの行動を「説明」する手掛かりとしてきた[10]。船長はなぜ船乗りの規範に反する、船長としてあるまじき行為——殺人犯を船に上げ、匿い、逃がしたのか——この問いに「秘密の共有者」を巡る議論はこれまで集中（終始）してきた。レガットへの船長の共感を、エリート船員訓練校（船）であるコンウェイ（Conway）への帰属に見る場合、船長のそして作者コンラッドの保守性が指摘されてきたし[11]、ジェンダー研究は2人の親密さにホモセクシュアルな欲望を読み込んだ。ジェンダー研究はこの短編の読解に確実に新たな境地を切り開いたにちがいないが、こうして船長の行動の動機に一つの「説明」を提供しようとしている点では従来の批評と認識論的な態度を共有している[12]。しかし、あらゆる決定的な解釈や説明を退けるかのような「秘密の共有者」の語りは、「説明」によってしっかりと何らかの「理解」に落ち着くとは到底言い難く、このように動機という謎を解明しようとする姿勢は、「身に降りかかったすべてのことに説明をつけたがる」一等航海士の戯画化を通して語り手が笑い飛ばしている姿勢とどうしても重なってしまうのである。二等航海士が、湾内に停泊しているもう一隻の船（セフォーラ号）についての意外な「知識の広さ」(95) で語り手や一等航海士を驚かせた時も、一等航海士は、二等航海士の「気まぐれ」を「納得いくよう説明」できず、なぜ二等航海士がはじめから知っていることを「すべて」話さないのか知りたがっている ("The mate observed regretfully that he 'could not account for that young fellow's whims.' What prevented him telling us all about it at once, he wanted to know." [95])。これらの一見些細なエピソードは、すべて「知」に関係している。ここでは、「若者の気まぐれ」にどうしても納得のいくような説明をつけたがる一等航海士の知識欲の愚かしさが浮き彫りにされているが、どうも船長には、そのようにとことんまで説明をつけたがる人物の知性——とりわけ一等航海士の "'Bless my soul—you don't say so" type of intellect'" (101) が、納

第 5 章 「秘密の共有者」補論 ―― 記憶の持ち主について ――

得のいく答えをもたらしてくれるなどと信じている様子はない。それどころか、彼のように「すべてを考慮にいれて」いたら、「永久に」答えを、ある知識や判断や説を求めて袋小路に迷い込むことになりかねない――そう語り手は考えているのではないか。

語り手は他者レガットを知ろうとしているわけではない。前章で見たとおり、レガットを発見した時、驚くべきことに船長は彼が誰かを尋ねようとさえせず、彼がそこにいるわけ "the why and the wherefore" を知ろうとする前に「無条件に」彼を受け入れた。船長が不可解にもレガットのことを「すでに知っている」ということは以下の通り何度も強調されている。

> "He [the mutinous sailor] was one of those creatures that are just simmering all the time with a silly sort of wickedness. Miserable devils that have no business to live at all. He wouldn't do his duty and wouldn't let anybody else do theirs. But what's the good of talking! You know well enough the sort of ill-conditioned snarling cur—" (101)

> He [Leggatt] appealed to me as if our experiences had been as identical as our clothes. And I knew well enough the pestiferous danger of such a character where there are no means of legal repression. And I knew well enough also that my double there was no homicidal ruffian. I did not think of asking him for details, and he told me the story roughly in brusque, disconnected sentences. I needed no more. I saw it all going on as though I were myself inside that other sleeping suit. (102)

> "But what's the use telling you? *You* know!" (124)

しかし、このように語り手が他者を知ろうとしないからと言って、彼に知力が欠けているとか、彼が知ろうとする行為を完全に否定していると言っているのではない[13]。この短編について論じた批評家が皆そうであるように、

81

我々はどうしてもなぜ船長がレガットを匿い逃がしたのかを知りたいと思い、その「答え」を探そうとするだろう。そのような認識論的な態度なくして仮にも現実を理解したり、お互いを理解したりするのは至難の業だ。かくいう船長も、一等航海士を笑いながらも、乗組員を皆寝かしつけて1人夜の当直に立つという異例の行動を自分が取ってしまった後、ふと自分の「異例の行動」はどう「説明」されるのかと自問し、そんな自分の態度に「何でも説明し尽くそうとする」一等航海士の愚かさを見る気がして困り果てている（"Goodness only knew how that absurdly whiskered mate would 'account' for my conduct, and what the whole ship thought of that informality of their new captain. I was vexed with myself." [97]）。したがって、語り手である船長も、レガットとの出会いから別れまでの自分の身に突然起きた出来事について「考え抜いた」であろうことは十分推測できる。語り手は、レガットを船に引き上げてまもなく、彼の「集中し瞑想する」かのような表情に妙に引き付けられ、それを、「独りで思いつめている男」（100）の表情に例えており、以下の通り、自分にはレガットの「考え抜く様子がすっかり想像ついた」と言っている（106）。

> "When we sighted Java Head I [Leggatt] had had time to think all those matters out several times over. I had six weeks of doing nothing else, and with only an hour or so every evening for a tramp on the quarter-deck."
> He [Leggatt's] whispered, his arms folded on the side of my bed place, staring through the open port. And I could imagine perfectly the manner of this thinking out—a stubborn if not a steadfast operation; something of which I should have been perfectly incapable. (105-106)

このような共感は、同じように徹底的に1人で考えぬいた経験がない人物からは出てこないのではないだろうか。殺人を犯した者を匿い、逃がしてしまったという事実は、当然船乗りを「永久に悩ませて」もおかしくはない。実際、この物語のモデルとなったカティサーク（*Cutty Sark*）号事件の船長

第5章 「秘密の共有者」補論 ―― 記憶の持ち主について ――

は、コック兼給仕のJohn Francisを殺した一等航海士Sidney Smithが船から姿を消した後、海に身を投げて自殺している[14]。では、語り手である船長も、レガットという「殺人犯」を受け入れ、逃がしたという過去の「あやまち」について徹底的に1人で考え抜き（まずそれを「あやまち」と認めねばならないが）、そのことに現在もこだわり続けているのだろうか。もし船長が語ることによって何とか過去と折り合いをつけようとしているのだとすれば、彼の語りはよく言われる通り、「弁解」であり、「罪」の「告白」にちがいない[15]。しかし、アーチボルド船長に対する語り手の態度には、「罪と罰」というような大きな物語の枠組みに対する彼の不信感がにじみ出ている。船長とっては、「いやいや哀れっぽく告白する」アーチボルド船長の様子（"the manner of criminal making a reluctant and doleful confession." [116]）こそ「犯罪者」のように見えるのであり、彼はアーチボルドが語るレガットの事件の詳細を「ここに記すほどのこともない」（"It is not worth while to record his version." [117]）と一蹴し、省略している。しかも、すでに見たように、彼が「執拗な獣」（"a tenacious beast"）と呼ぶ者たちに対する嘲笑には、「考え抜くこと」に対する彼の距離が感じられる。そして何より、上の一節で語り手は、この「最後まで考え抜く」という行為は自分には無理だっただろうとはっきり述べている。

「最後まで考え抜く」ことに対するこのような態度は、語り手だけのものではない。「秘密の共有者」というテクスト全体が一貫して、（起こってしまったことについて）「考え抜く」、言い換えれば、「固執する」という行為を中断している。先に引いた一節にもあったように、セフォーラ号内で監禁されていた時、レガットは「徹底的に考え抜いた」（105-106）。ところが、カリマタ群島の辺りに停泊した時、夕食を運んできた給仕が「どういうわけか」扉に鍵を掛けずに出て行ったため、レガットは後甲板に散歩に出ることができた。そこで彼は、新鮮な空気を吸いたかっただけで、「べつに何をするつもりでもなかった」が、「突然誘惑にかられ」「はっきりと決断を下す間もなく」水の中に飛び込み（108）、ボートが船を離れぬうちに最寄りの小島に上陸していた。船に戻れば彼の身は法の手に委ねられる。自分には裁きを

83

受ける必要などない ("Do you see me before a judge and jury on that charge? For myself I can't see the necessity." [101, 131]) と言い放っていたレガットにとって、いったん船を離れた以上戻る場所などなかった。彼は、衣服をすべて脱ぎ捨て、力尽きるまで泳ぐつもりで、別の小島に向けて泳ぎだした。その小島から語り手である船長の船の停泊灯を目指したレガットは、船からはしごが垂れさがっているのを偶然発見する。それは思いもよらないことだった ("Who'd have thought of finding a ladder hanging over at night in a ship anchored out here!" [110])。この時の状況をレガットは船長に以下のように説明しているが、ここでの「泳ぐ」という行為をそのまま「考える」という行為に置き換えることも可能だろう。

> "One might have been swimming in a confounded thousand-feet deep cistern with no place for scrambling out anywhere; but what I didn't like was the notion of swimming round and round like a crazed bullock before I gave out; and as I didn't mean to go back. . . No. Do you see me being hauled back, stark naked, off one of these little islands by the scruff of the neck and fighting like a wild beast? Somebody would have got killed for certain, and I did not want any of that. So I went on. Then your ladder—" (109)

セフォーラ号で監禁されている間、1人で思いつめていたレガットは「偶然」その監禁状態から脱出することができた。そして海に飛び込み、あてもなく泳ぎ続けるところだったが、またしても「偶然に」船長に救われた。いずれの場合も、レガットは「偶然に」堂々巡りから抜け出すことができた。あきらめないというレガット自身の意志はもちろんあったにしても、彼の「泳ぐ」という行為も、「考え抜く」という行為も結局偶然によって中断されている。レガットが殺した男 ("Miserable devils that have no business to live at all") も、起こってしまったことをいつまでも嘆き、嵐の中で自分の義務を果たすどころかレガットの邪魔さえしていた ("He was one of those creatures that are just simmering all the time with a silly sort of wickedness."

第5章 「秘密の共有者」補論 ── 記憶の持ち主について ──

[101])。レガットによるこの男の殺害は、エリート訓練船コンウェイ出身の船長やレガットの「階級意識」を反映しているというよりは[16)]、いわばもう1人の「執拗な獣」（"a tenacious beast"）の殺害であり、物語全体としてみればここでまたしても、起こってしまったことにこだわるという行為が中断されていると見ることができる。こうして、一見語り手による過去の出来事（罪）についての告白ともとれる「秘密の共有者」は、その実、過去の不意の出来事に立ち戻って「考え抜く」「説明する」という行為を何度も中断し何重にも抑圧しているのである。

岡真理は、『記憶／物語』の中で、出来事を言語化することとは、「人が出来事を『過去』に馴致すること」であり、「過去形で言語化された出来事」が一般に「経験」という名で呼ばれるものだと述べている[17)]。岡真理が言う通り、「人が主体となって参照する記憶」がそのようなものなのだとしたら、「過去」のものとして飼い慣らされた出来事は、私たちの記憶の中で安定した居場所をみつけるのだろう。ところが、「秘密の共有者」の語り手の場合、彼とレガットとの出来事は、彼の記憶の中でいまだ「安定した居場所」を見いだしておらず、語り手の記憶は、彼が主体として所有するものとして確固としたある場所・時間につなぎとめられていないように思われる[18)]。彼にとって過去は、彼が語る際安心してそこに何度も立ち戻れるような固定されたある一点ではないのだ。「秘密の共有者」が、「過去の体験」として堅固に言語化された物語として批評家の意見の一致を見ない所以である。

3

次に見る白い帽子のエピソードは、船長が自らの負の部分を象徴する分身を追い払い、共同体の一員としての「主体的位置」（"his subject position"）を取り戻すことを示していると考えられてきた[19)]。しかし、以下の引用にある通り、船長が別れ際にレガットの「寄るべなき頭を太陽の危険から守ってやろうと思って」（142）半ば無理やり押し付けた帽子を、Derridaのいう「贈与」として見直した時、帽子は、船長が「主体的位置」を取り戻したことを示す証どころか、「個人的主体」という考えそのものを揺るがす印であ

85

ることがわかる。前章で見たとおり、「秘密の共有者」は、まるで他者レガットの到来を待つかのように、水平線に目をやる船長の様子で始まっているが、エンディングでも再び船長の目（視野）に映った景色が描かれている。ここで船長の眼差しは、レガットに与えた帽子がいつの間にかレガットを離れ、海面に漂う様子をとらえている。

> All at once my strained, yearning stare distinguished a white object floating within a yard of the ship's side. White on the black water. A phosphorescent flash passed under it. What was that thing? . . . I recognized my own floppy hat. It must have fallen off his head . . . and he didn't bother. Now I had what I wanted—the saving mark for my eyes. But I hardly thought of my other self, now gone from the ship, to be hidden forever from all friendly faces, to be a fugitive and a vagabond on the earth, with no brand of the curse on his sane forehead to stay a slaying hand . . . too proud to explain.
>   And I watched the hat—the expression of my sudden pity for his mere flesh. It had been meant to save his homeless head from the dangers of the sun. And now—behold—it was saving the ship, by serving me for a mark to help out the ignorance of my strangeness. Ha! It was drifting forward, warning me just in time that the ship had gathered sternaway. (142)

暗い海面に漂う白い帽子は、確かに船長の視野（認識）において白／黒、自／他の間にはっきりとした境界線が引かれたことを印象付けているように見える。レガットとの別れに先立ってコーリン島への強引な接岸を試みた時、船長はコーリン島のそびえ立つ黒い影に何度も言及していたが（"the dark loom of the land; the towering shadow of Koh-ring; the great black mass" [139-142]）、「黄泉の国の入り口のように」船尾の手すりの上にそそりたつ「黒い塊」は、コンラッド作品における他の「闇」の例にもれず「秘密の共有者」においても異様な存在感を放っている。しかし、以下の各引用における「闇」は、Resslerの言う、「救いようのない道徳的な過ちという地獄」の

闇[20]というよりは、神話的な意味を帯びた闇である。

> The black southern hill of Koh-ring seemed to hang right over the ship like a towering fragment of everlasting night. On that enormous mass of blackness there was not a gleam to be seen, not a sound to be heard. It was gliding irresistibly towards us and yet seemed already within reach of the hand. (139)

> [T]he great shadow glid[es] closer, towering higher, without a light, without a sound. Such a hush had fallen on the ship that she might have been a bark of the dead floating in slowly under the very gate of Erebus. (140)

レガットは、まるで「すべての精神が、そこへ立ち還ることによって、あらゆる事物との結びつきの可能性を再獲得することができる豊饒性を帯びた闇」からやって来て闇へと戻って行くかのようだ[21]。あるいはこの「闇」を「分節化（差異化）されておらず、近づきようのない」「〈もの〉的な次元」と呼ぶこともできよう。船長は、レガットにどこか「名づけえない」ところが感じられると言っていたが（"There was something that made comment impossible in his narrative, or perhaps in himself; a sort of feeling, a quality, which I can't find a name for." [109]）、真に現前するのではなく、ただ消えゆく痕跡として現前し、船長が語る言葉にとって絶対的に他なるものであるレガットは、名づけをかわして逃れ去ることをやめはしない。その意味で、コーリン島への接岸は、言葉にとって到達不可能なものを探究する船長とレガットとのかかわりあいそのものを象徴する出来事である[22]。その意味で、帽子は、可能・現前の世界と不可能・不在の世界の、あるいは歴史に対して神話的世界との境界を示す印だとも考えられるだろう。語り手である船長も、ここで自分が求めていた「救いの目印」（"the saving mark for my eyes"）を手に入れたと述べている。白い帽子は、船長が秘密の分身と別れ、「自分」を取り戻し、船乗りの共同体と一体化する結果をもたらした——と言いたいところだが、いみじくもErdinast-Vulcanが不満げに述べている通

り、船は、船長の航海術によって危機を回避できたのではなく、あくまで白い帽子という「ありそうもない奇跡」によって救われたのであり、偶然という要素の介入は、試練を乗り越えた後の自我の回復を果たすという直線的に展開する筋書きを損ねてしまう。したがって、Erdinast-Vulcanは、「秘密の共有者」では（船長の）自我の回復の身振りは失敗に終わっていると読むわけだが、彼女によれば主体回復の「虚しい」身振りにすぎない白い帽子も[23]、Derridaによれば、逆に主体を超える可能性を秘めた「贈与」として見直すことができる。

　Derridaによれば、贈与は贈与として現れるや否や交換になり、投資と回収のエコノミーのうちに巻き込まれ、贈与としては廃棄されてしまうという[24]。すでに引いた一節における破棄された白い帽子の様子はまさにこのことを表しているようだ。ここで帽子は、贈与者（船長）に贈与（"the expression of my sudden pity for his mere flesh"）として意識された（"meant"）とたんに贈与ではなくなり、贈与としては廃棄されている（"[The hat] must have fallen off his head . . . and he didn't bother"）。帽子はレガットの頭から離れ、海面に漂い、被贈与者であるレガットは帽子の存在さえ忘れてしまっている。この「忘却」こそ贈与の「本質」であり、それはもはや個人（主体）の「精神」（"the psyche"）という範疇で説明できる性質のものではない、とDerridaは言う。白い帽子を贈られたレガット（"the donee"）が帽子を忘れてしまうだけではない。白い帽子を贈った船長（"the donor"）も、贈与物である白い帽子はおろかレガットの存在すら忘れてしまっている（"I hardly thought of my other self"）。以下に述べられているように、贈与に対して、贈与者主体（the donor "subject"）に「お返し」（restitution）がなされてなはならないのであり、贈与は「犠牲」であれ何であれ、「お返し」のシステムに回収されるべき「シンボル」として記憶にとどめられてもならないのである。

> To tell the truth, the gift must not even appear or signify, consciously or unconsciously, as gift for the donors, whether individual or collective subjects. From the moment the gift would appear as gift, as such, as what it is, in its

第5章　「秘密の共有者」補論 ── 記憶の持ち主について ──

phenomenon, its sense and its essence, it would be engaged in a symbolic, sacrificial, or economic structure that would annul the gift in the ritual circle of the debt. This simple intention to give, insofar as it carries the intentional meaning of the gift, suffices to make a return payment to oneself. The simple consciousness of the gift right away sends itself back the gratifying image of goodness or generosity, of the giving-being who, knowing itself to be such, recognizes itself in a circular, specular fashion, in a sort of auto-recognition, self-approval, and narcissistic gratitude. [25]

贈与が贈与として出現した瞬間、贈与者に贈与として「意図」され、「意識」された途端、それは「ナルシスティックに」自己に回帰する。よく言われてきたように、物語の結末において語り手の分裂した自我が無事再統合され、船長は、船と、そして船の世界という伝統的な合理的共同体との「完全な合一」を手に入れるように見えるのはその一瞬の効果なのかもしれない。しかし、贈与がそのように贈与として意識に現前した瞬間にそれは交換やお返しの円環にとらわれてしまう。贈与はこのような円環を可能にするだけではなく、中断させるものであり、レガットと船長の間でそうだったように、そのような互酬的かつ対照的な交換が断ち切られる瞬間に生起する。贈与とは何も与えない、不可能な経験である。「贈与」は「主体」の意識が「意図」する前に起こるのであり、物々交換する2つの主体の間で起こるのではない。それはむしろ、主体との関係性以前の場でおこる（"[I]f there is gift, it cannot take place between two subjects exchanging objects [...]. The question of the gift should therefore seek its place before any relation to the subject, before any conscious or unconscious relation to self of the subject."）[26]。それはまさに「狂気の瞬間」であり、時間には属さないような瞬間である [27]。先の引用で、誰のことを形容しているのかがはっきりしない（主語がはっきりしない）、もしかしたら船長とレガットの両方を同時に形容するかもしれない、". . . too proud to explain"という語句における空白こそ、はっきりとした輪郭を持つ主体同士の関係性以前の名づけえない関係性の生起する場なのかも

しれない。

　このように、髭の一等航海士の戯画と白い帽子のエピソードは、いずれも個人的主体という概念を超えて、何か複数的なものの可能性を暗示している。前章で論じた歓待は、そのような複数性を含むあらゆる共同性の前提であり根源である。レガットは、自分がセフォーラ号の仲間を殺したことを、カインによるアベル殺し（"the 'brand of Cain' business"）（107）に例えていた。このように人類史上初の兄弟殺しを意識する「秘密の共有者」は、やはり、個人の心理のドラマにとどまらず、通常の同胞愛をも超えた根源的で「奇妙な友愛」（"strange fraternity"）の可能性を探っているのではないだろうか[28]。

注
1）八木 116 を参照。
2）Schwarz, "'The Secret Sharer' as an Act of Memory," 102.
3）Schwarz 95, 97; Lothe 59; Ressler 97; Erdinast-Vulcan 37.
4）Guerard 27.
5）語り手の記憶の不確かさについては、Phelan 129; Miller 235; Schwarzは、語り手がアーチボルドの名前をよく覚えていないことを、彼が語りの現在において行っている"mythmaking"と結び付けている。Schwarz 107 を参照。
6）Wojciech Kozak, "Sharing Gender (?) in 'The Secret Sharer,'" *Beyond the Roots: The Evolution of Conrad's Ideology and Art*, ed. with an Introduction by Wiesław Krajka (Boulder: East European Monographs; Lublin: Maria Curie-Skłodowska UP; New York: Colombia UP, 2005) 330.
7）Stallman 98.
8）Richardson, "Construing Conrad's 'The Secret Sharer,'" 315.
9）Leiter 139-140.
10）さそりの侵入をレガット出現の意味を読み解く鍵とする解釈については、Kozak 330; Yelton 286 を参照。
11）例えば、Miller 249-250; Richardson, "Construing Conrad's 'The Secret Sharer,'" 313.
12）船長とレガットの親密な関係をいわゆる「男同士の絆」とする見方については、枚挙にいとまがないが、例えばSchwarz 95-102; Phelan 138-143; Richard J. Ruppel, *Homosexuality in the Life and Work of Joseph Conrad: Love Between the Lines* (New York,

London: Routledge, 2008) 69-81; Jeremy Hawthorn, *Sexuality and the Erotic in the Fiction of Joseph Conrad* (New York, London: Continuum, 2007) を参照。

13) Ressler は「秘密の共有者」の語り手を "an unintellectual first-person narrator" と呼んでいる。Ressler 81, 97.
14) "Arrest and Trial of Sidney Smith," *The Times*, Wednesday, July 5, 1882. p. 6 rept. in Harkness ed. *Conrad's Secret Sharer and the Critics*, 53.
15) 「弁解」については、Schwarz 98、「告白」については、Miller 235; Ressler 94; Phelan 143 を参照。
16) Richardson, "Construing Conrad's 'The Secret Sharer,'" 307-308.
17) 岡真理『記憶／物語』(岩波書店, 2000) 8.
18) 語り手がどの場所、どの時点で語っているのかを特定することの難しさについては、Phelan 129; Miller 235 を参照。
19) Erdinast-Vulcan, *The Strange Short Fiction of Joseph Conrad*, 45; 一方、Yelton は帽子を船長と「分身」の相互的な関係の印として肯定的にとらえている。Yelton 284; 帽子を「忠誠」(fidelity) のシンボルとする見方については、Stallman 103. Phelan は、帽子を恋人への指輪のプレゼントの代わりととらえ、2人の「未完成の関係」のシンボルと見なしている。Phelan 138 を参照。
20) Ressler 90.
21) 山口昌男『文化と両義性』(岩波書店、2000) 1-2.
22) 言葉にとって到達不可能なものの探究については、湯浅 178 を参照。
23) Erdinast-Vulcan, *The Strange Short Fiction of Joseph Conrad*, 45-46.
24) Jacques Derrida, *Given Times: I. Counterfeit Money*. trans. by Peggy Kamuf (Chicago and London: The University of Chicago Press, 1992) 24.
25) Derrida, *Given Times*, 23.
26) Derrida, *Given Times*, 24.
27) ジャック・デリダ著、廣瀬浩司・林好雄訳『死を与える』(筑摩書房、2004) 157.
28) Joseph Conrad, *The Rover* (Oxford: Oxford University Press, 1992) 8.

第6章

『陰影線』論
—— 告白する「私」の権威 ——

1

　『陰影線』（*The Shadow-Line: A Confession*）（1917）の若い主人公は、海の生活に永遠の別れを告げて帰国するつもりで、一等航海士として勤めた船をある東洋の港で突然降りる。ところが彼は陸の上で思いがけず船長の職を手に入れて再び海へ戻り、次々と襲いかかる試練を乗り越え見事青年から大人へと成長していく。この通過儀礼の物語は、コンラッドが1887年から1888年にかけてオタゴ（*Otago*）号の船長として初めて東洋まで航海した時の経験を基にしているが、例えばLeavisやHewitt等の主流コンラッド批評家が絶賛してきたのは、語り手である「私」の簡潔で具体的な描写において作者の伝記的な事実が忠実に再現されている点である[1]。それゆえ、『陰影線』という自伝的「告白」は「コンラッドの才能の重要な部分を占める作品」として、過小評価され続けた後期作品群の中でも例外的にコンラッドの正典の中にとどまり続けてきた[2]。

　しかし、『陰影線』において、語り手である「私」が、若き日の自分——輪郭のはっきりした自画像のようなもの——をただ率直に「告白」していると読むことは実はそれほど容易ではない。自伝的告白における語りの権威者とは語り手本人である。仮にも自分について何かを明らかにしようとするならば、ある立場から権威を行使して自らの語りを統合し、自分についての真実を開示せねばならない。若者の成長という時、直線的に展開していく若者の「人格」というものが通常前提とされている。確かにコンラッドは「リア

第6章 『陰影線』論 ── 告白する「私」の権威 ──

ルな」人物像を求め続けたが、そのようなミメティックな語りそのものについて自己言及していると思われる部分が『陰影線』には随所に見られ、語り手が「私」という個人の「人格」の観念に距離を置いていることがうかがえる。本章で取り上げる陸の上の挿話と超自然的要素には、これまでのコンラッドからのそうした逸脱（departure）が見受けられるのである。

　これまでほとんど注目されることはなかったが、通常海の通過儀礼の物語と考えられている『陰影線』には実は陸上で展開するかなり長い挿話があって、全6章からなる物語の第2章の終わりにさしかかった時点でやっと若き日の「私」は自分の指揮する船の甲板に足を踏み入れる。つまり、「私」が突然船を下りてから再び海に出るまでの陸上での挿話には優に2章が費やされているわけである。そして問題は、陸の上の挿話で若き日の「私」がいったい何をしようとしているのかがよくわからないということだ。このことは、現在の語り手「私」が、無知で未熟な過去の自分を振り返って語っていることにある程度起因するにしても、現にGuerardは、この2章における展開の遅さを非難してその部分を不要だとみなしたし、John Batchelorは、陸の上の挿話は海の上で主人公に次々とふりかかる試練と何の関係もなく、物語が実際に動き出すのは第3章からだと考えている。このように、『陰影線』をどうしても「秘密の共有者」と同じような若者の成長の物語として読みたい批評家は、コンラッドはいっそ若き日の「私」が船に乗り込んだところから物語を始めるべきだったと口をそろえて主張する[3]。

　しかしながら、船長になってからの一連の出来事を、「私」が「遅延」("delay") という言葉で要約しているように（"these instructive complications could all be resumed in the one word: Delay. [...] The word 'Delay' entered the secret chamber of my brain"）、実は海の上でも事態は遅々としてなかなか進展しない[4]。船長が乗船してからというもの、乗組員は病気で倒れ、医者の来診が続く。そして、まず給仕がコレラで死亡し、次いで一等航海士バーンズ（Burns）も熱病で入院し、出航はさらに遅れる。船はしばらくメナム河で熱気の中足止めをくらった上に、凪のためにいつまでもシャム湾を出ることができない。やっと這うように進み始めたかと思えば、乗組員が次々と

熱病に罹り、船長は深刻な人手不足に悩むことになる。バーンズの話によると、船の行く手であるシャム湾の入口には、先の航海の途中で亡くなった前任の船長が葬られており、その呪いで次々と災いがふりかかり、船が進まないのだという。

したがって、事態が遅々として進展しないという非難は、海の上の挿話にも向けられてもよさそうなものだが、海の上の「遅延」は海洋冒険譚の伝統に従って、若い船長を成長させる要因として解釈されてきた[5]。Ian Wattは、若く未熟な主人公の心境に共感を抱かせるための手法として「慎重な話の運び」を弁護し[6]、また、Lotheも、第1章の「静止状態」から、続く航海における苦労の物語への移行を、主人公の精神的成長と関連付けて考えている[7]。しかし、彼らの立場は、Guerardらが不要と見なした部分に理由をつけて通過儀礼の物語としての解釈に取り込もうとするものであり、結局このような手続きを通して通過儀礼の物語としての解釈自体は反復されてきた。

陸上の挿話のように、この物語の超自然的要素も、『陰影線』を通過儀礼の物語として読む上で排除されるか、そうでなければ通過儀礼としての解釈の枠に馴致・包摂される運命を辿った。亡霊や幽霊船といった「ゴシック」的な要素は[8]、リアリズムを偏重する伝統的なコンラッド批評においてはほぼ無視されていたといってもよい。Ian Wattは、超自然に焦点をあてた解釈を、テクストには書かれていない意味を読み込むものとして排除したし、Hewittは、正確かつ簡潔で曖昧なところがない「私」の語りに超自然的な要素を見いだしている批評家の見解は理解しがたいとまで述べた[9]。このような批評の潮流の中で、コールリッジ(S.T.Coleridge)の『老水夫行』(*The Rime of the Ancient Mariner*)(1798)や、コンラッドが敬愛するマリアット(Captain Frederick Marryat)の『幽霊船』(*The Phantom Ship: A Tale of the Flying Dutchman*)(1839)などの海洋ゴシックの伝統の中に『陰影線』を位置付けること自体は確かに斬新ではあった。しかし、この場合も、超自然現象が若い船長の成長を促す試練と考えられている点は変わらず[10]、一見リアリズム偏重の姿勢とは対極にあるかに見えるこの読みが、通過儀礼の物語としての伝統的な解釈自体に大きく変更を加えたわけではなかった。

第6章 『陰影線』論 —— 告白する「私」の権威 ——

　断片的なエピソードが複雑に絡まり合う『運命』（1913）から、幼友達の女性に宛てて綴られた主人公の青年の長い手記が「私」の短い覚書に挟まれている『黄金の矢』（*The Arrow of Gold: A Story between Two Notes*）（1919）へとコンラッドが語りのテクスト性に対する意識をいっそう強めていく過程で書かれた『陰影線』が[11]、テクストの外に存在する「人物」やリアルな「人格」という観念に寄りかかり、作者の実体験をもとにした単純な通過儀礼の物語を志向しているとは考えにくい。実際、この物語の「幽霊」には、純粋なゴシック装置とは言い難い側面があり、むしろそこには「ゴシック」をジャンルや物語の一形式を越えて、物語のアイデンティティを内側から揺るがすテクスト性（textuality）として見なそうとする最近のゴシック研究の問題意識との親近性が窺える[12]。このような観点から、本章では『陰影線』のこれまで見過ごされてきた陸上の挿話と超自然的要素を詳細に見ていくことによって、コンラッドが「私」の告白体をいかにずらしているかを論じてみたい。

2

　ではまず以下に、陸の上の挿話において何が起こっていて、語り手の「私」がどのように暴露されているのか（あるいはいないのか）を詳細に見ていこう。通過儀礼の物語というと、通常読者は、旅の始まりから終わりまでの直線的な物語の展開に沿って若者の無知から成熟への軌跡が辿れるものと期待するだろう。ところが、『陰影線』という物語は、旅の突然の終わりで始まっている。若き日の「私」はこれから物語が始まろうとするその時いきなり船を下りるのである。しかも、語り手は自らの突飛な行動の動機を説明するどころか、以下のように、その理由を単なる「気まぐれ」かもしれないと言って片付けている。

This is not a marriage story. It wasn't so bad as that with me. My action, rash as it was, had more the character of divorce—almost of desertion. For no reason on which a sensible person could put a finger I threw up my

95

job—chucked my berth—left the ship of which the worst that could be said was that she was a steamship and therefore, perhaps, not entitled to that blind loyalty which . . . . However, it's no use trying to put a gloss on what even at the time I myself half suspected to be a caprice. (3-4)

「早まった」("rash") 行動、「職務放棄」("desertion")、「忠誠心」("loyalty") という言葉は、『ロード・ジム』をどうしても思い出させる。パトナ号が沈没すると早合点したジムは、乗客を船に残したまま自分でも気付かないうちに船から飛び降りた。ジムにはどうして自分がそんなことをしてしまったのかが説明できないが、法廷では彼の「早まった行動」は「職務放棄」として裁かれ、彼は船乗りの世界から追放される。赤の他人のジムがどうして突発的に船から飛び降りてしまったのかについて探ろうとするのはたまたま傍聴席にいたマーロウの仕事である。マーロウは、一方ではジムに同情しながらも、他方では冷静にジムの「早まった」「不実な」行動の原因を探り、道徳的な判断を下そうとする。前期コンラッドの道徳的な作品においてあれほど重要視されていた「忠誠心」は、ここではあっさり「盲目的な」("blind")と形容されてしまっている。突然職を辞して罪の意識に苛まれることもない『陰影線』の主人公にとって「忠誠心」などというものは所詮「盲目的な」ものなのだ。「忠誠心」という言葉に続く空白("that blind loyalty which . . .")には、クルツやジムを破滅へと追いやった船乗りの規範や会社への忠誠心が抑圧されているのだろうか。語り手「私」は、自分の早まった行動の理由を、「分別のある人ならその原因を的確に指摘できないような理由」と簡単に片付けている。「その当時でさえ」も、時間をおいて振り返っている今でも、早まった行動の裏には単なる「気まぐれ」しかなかったのではないかと語り手は言う。もしマーロウがこの語り手のように過去の行動についてあっさりと言い切ってしまえたならば、そもそも彼は語り始めなかったかもしれないし、彼の語りはあれほど長くはならなかったかもしれない。マーロウは自分ではない他人の行動の動機を探り、敢えて語ろうとした。『陰影線』の語り手にとっては、自分の行動に関してさえ、そうすることは「言い繕う」

第6章 『陰影線』論 ── 告白する「私」の権威 ──

ことになり、「無駄なこと」なのだ。この語り手からすれば、突き止めることが不可能な理由について詮索し敷衍しようとするマーロウは「分別のない人間」ということになるだろう。

このように、『陰影線』の語り手「私」は、物事の起源に溯って真相を突き止めようとしたり、因果律に従って物事を理解したりしようとはしない。目的論的な語り方を避ける『陰影線』の語り手は、『運命』のマーロウのように「偶然」(chance)をプロットの原動力にしている。だからこそ、語り手は、「頭を悩ませる必要のない人物」(5) として船の所有者であるアラブ人にわざわざ言及し、管理人の部屋の「偶然」によってかき集められた細部に注意を向ける。船を下りた若き日の語り手は港湾事務所に滞在しようと思い、管理人（Chief Steward）の部屋を訪れる。彼の部屋は、東洋の熱帯には「あまり見られないような」部屋で、そこにはむしろ「ロンドンのイースト・エンドの居間」にあるような雑多なものがところせましと並んでいる。

> The fellow [Chief Steward] had hung enormously ample, dusty, cheap lace curtains over his windows, which were shut. Piles of cardboard boxes, such as milliners and dressmakers use in Europe, cumbered the corners; and by some means he had procured for himself the sort of furniture that might have come out of a respectable parlour in the East End of London—a horsehair sofa, arm-chairs of the same. (9)

こうした細部が語り手に「畏敬の念を起こさせる」のは、「どんな不可解な偶然、必要、あるいは気まぐれでそこに集められたのかが推測できないという限りにおいて」である (9)。

続いて語り手は自分の突然の辞職に対する船長や仲間たちの反応を次々と紹介している。これは、一見、『ロード・ジム』でマーロウが、フランス人艦長やシュタイン（Stein）の証言からジムの人物像を再構築しようとする手法を思わせる。しかし、ケント（Kent）船長を始め仲間たちは、いずれも若き日の「私」の動機を正確に言い当てているようには思えない。む

しろ、動機に迫るような細部ではないからこそ言及されているかのようだ。ケント船長は、船を下りて帰国する若き日の「私」に、「君がそうまでして思いつめて探し求めるもの」(6) が見つかるよう祈ると言っているが、「私」が突然安定した職を捨てて探し求めるものとはいったい何だろうか。読者の知りたいのもまさにその点だ。『陰影線』を通過儀礼の物語としてのみ解釈しようとする Allan Ingram や Ian Watt は、ケント船長は若い主人公の行動に理解を示しており、経験豊富な彼の言葉には、鋭く突き刺すような「洞察」がうかがえると指摘しているが[13]、ケント船長の「ダイヤモンドのように硬いどんな道具よりも深いところまで届いたであろう、軟らかく謎めいた言葉」(6) とは、いったい何を指しているのだろうか。あるいは「軟らかい」と同時に「ダイヤモンドのように硬い道具よりも深いところまで届いたであろう」ケント船長の矛盾し、謎めいた「言葉」は、そもそも本当に若い「私」の辞職の動機に到達しようとしているのだろうか。

　ジャイルズ（Giles）船長が物語に登場するまで、語り手はこのようにして脱線しながら話を進めている。自分について語っているというのに、「何の関係もない」ことを並べて自らの過去の行動の動機を明らかにしようとしない『陰影線』の語り手は、自伝的「告白」における「私」の権威を始めから放棄しているかのようだ。ある批評家たちにとって陸の上での部分が不要だと思えるのはおそらく、陸の上での挿話にはこのように一見「私」の行動の動機の解明とは結びつかない細部が盛り込まれていて、先述の Batchelor が言うように若者の成長物語の展開と「何の関係もない」ように見えるからではないだろうか。

3

　語り手が語りの権威を放棄しているとしても、物語全体としてみれば、突然の辞職の理由をしつこく詮索するジャイルズ船長という人物の登場によって、若き日の「私」の行動に隠された動機を探ろうとする力がテクストに一応は働く。マーロウがジムに対してそうしたように、ジャイルズ船長は若き日の「私」の突然の行動の動機を知りたがる。

第6章 『陰影線』論 ── 告白する「私」の権威 ──

　船員宿舎の食堂でしばらく談笑した後、ジャイルズが突然の辞職の理由を「私」に唐突に尋ねた時、「私」は自分でもよくわからないことについて詮索されて気分を害し、「このモラリストを黙らせるべきだ」(14)と述べている。語り手自身過去を振り返ってジャイルズへのこの反感を「子どもじみた苛立ち」(18)と呼んでいるように、たしかにこの反応は、「的確な助言と道徳的な感情が期待できそうな」(12)年配者に早まった行動を咎められた若者の苛立ちに見える。『陰影線』を通過儀礼の物語として読もうとする批評家たちは、「私」の行動のすべてを彼の「若さ」に帰して疑おうとしない [14]。確かに、「若さ」は、青年から成人、無垢から経験といった通過儀礼の物語の直線的な展開を支える重要な要素である。老若、経験と無垢はコンラッドが好んで用いた対比であり、ジャイルズと「私」の関係は、マーロウとジム、あるいは、『西欧の目の下に』の英国人語学教師とロシア人青年ラズーモフの関係を思い出させ、コンラッドの読者に「私」の行動が若さゆえのものであることを納得させる。それに、ジャイルズの経験や知恵 ("He exhaled an atmosphere of virtuous sagacity thick enough for any innocent soul to fly to confidently")(27)と、若い「私」の未熟さや無知は頻繁に対比されている ("that twilight region between youth and maturity, in which I had my being then" [26]; "I was still young enough, still too much on this side of the shadow-line" [37])。こうして若さ・未熟さが強調された後、航海が終わりジャイルズと再会した「私」が「成長した」("I feel old")(131)ことを印象付けているので、通過儀礼の物語は無理なく閉じるように思われる。

　しかし、同時に何人かの批評家も指摘しているように、若き日の「私」の「張り詰めた精神状態」には「若さ」だけに還元できない過剰な何かが感じられる [15]。というのも、語り手はジャイルズを「黙らせる」必要を感じ、何度も彼の話を聞きたくない、彼の話には意味がないと言っているが、ジャイルズは「相手を圧倒するためではなく、誠実な信念から時折一言二言平凡な言葉を発する」(12)程度でわざわざ「黙らせる」必要があるほどのおしゃべりではないからだ。

　物語内容のレベルで、若き日の「私」にとってジャイルズの詮索やおせっ

かいは腹立たしいものだろうが、物語言説のレベルでも、自分の行動の動機を語ろうとしない現在の語り手にとって、過去の自分の動機を探ろうとするジャイルズの存在は疎ましいものに違いない。なぜなら、ジャイルズのような「モラリスト」的傾向を抑えなければ、(コンラッドの前期作品のように) 物語が自分の行動の動機を探り道徳的に判断する方向に進んでしまうからだ。その意味で、過去の自分がモラリスト・ジャイルズの干渉に反発したように、現在の語り手も、道徳的な語りのモードに抵抗しながら物語を進めていかねばならない。実際語り手には、ジャイルズを語りの権威者に見立ててライバル視しているようなところがある。ジャイルズの「ほとんどの物事を見逃さず、物事を熟考し人生経験から正しい結論に達する」という特徴は ("few things escaped his [Giles] attention, and he was rather used to think them out, and generally from his experience of life and men arrived at the right conclusion" [22])、干渉好きなヴィクトリア朝の語り手が持つ注意力・観察力・思索力・判断力といった資質を思い出させるし、また、「この町で自分がその実情を知らないことはほとんどない」("there were but few things done in the town that he could not see the inside of" [38]) という彼の特徴も、物語の中で生起していることを隅々まで知り尽くした語り手の全知性に言及しているように思われる。

　ジャイルズは、何気ない会話の後若き日の語り手に単刀直入に辞職の理由を尋ねてからも、まるで「私」の突然の行動の是非を問うかのように、ケント船長が若き日の「私」の辞職を残念がっているということに何度も言及する (15, 17)。「私」は、どうして彼が「過ぎたこと」、しかも「完全に私的な事柄」を「くどくどと繰り返す」のか理解に苦しみ、「済んだことについてこれ以上聞きたくない」(18) とはっきりジャイルズに告げるが、それでも彼は、帰国後の計画や前の航海に対する賃金はもう払われたかどうかを「恥知らずなまでの執拗さ」(18) で「私」に尋ねる。「自分のプライバシーを (ジャイルズ) 船長の詮索から守ろうとして」「私」は立ち去ろうとするが、ジャイルズは今ここで起こっていることを知るべきだと「私」を引き止める。「私」は再び「一切自分に話しかけて欲しくない」と思うが、ジャイルズはおかまい

第 6 章 『陰影線』論 —— 告白する「私」の権威 ——

なしに港湾事務所の小間使いについての「些細な話」(19) を始める。その話の内容とは、エリス (Ellis) 船長から管理人に宛てた手紙を携えた小間使いとジャイルズが偶然出くわし、その手紙を見た管理人が事務所を飛び出していくまでの経緯を述べたものである。宿泊代を払わずに居続けるハミルトン (Hamilton) を船長の職に就かせて追い出そうとする管理人の策略によって船長職を横取りされるかもしれないにもかかわらず、それを知るはずもない当時の「私」は自分には関係がないと思っている。そんな「私」にとって、ジャイルズのこの話はまったく意味をなさず、一人悦に入ったような彼の声がひたすら「うつろに」響く ("Giles' voice was going on complacently; the very voice of the universal hollow conceit" [23])。それでもジャイルズは、船長の募集があることを盗み聞きしたハミルトンに先を越されないように、すぐに管理人のところに行って港湾事務所からの手紙(「私」を船長に推すエリス船長の推薦状)の内容を尋ねるよう「私」に勧める。このさらなる干渉に「私」は驚いて言葉を失うが、今度こそ、「これ以上この男に話をさせてはいけない」と感じ、立ち上がってもうたくさんだとぶっきらぼうに言い放つ (24)。これにはさすがのジャイルズも調子を変えて、ただ管理人に問い合わせるよう言い残してすごすごと退場する。物語内容としては、お節介なジャイルズにここまで押され気味だった「私」はここでいったんジャイルズを物語の舞台から追い払うことに成功する。物語言説においても、「私」を船長職に再び就けるというプロットを操作する力(権威)が去ったかのように偶然のプロットが前景化する。ジャイルズと別れて、自分はもしかしたらからかわれているのかもしれないと「私」が考えていたところ、ちょうどそこへ手紙の内容を知っている管理人が現れ、「私」は「自分でも知らないうちに」彼を呼び止める。

To this day I don't know what made me call after him. "I say! Wait a minute." Perhaps it was the sidelong glance he gave me; or possibly I was yet under the influence of Captain Giles' mysterious earnestness. Well, it was an impulse of some sort; an effect of that force somewhere within our lives which shapes them this way or that. For if these words had not escaped from my lips (my will had nothing to do with that) my existence would, to be sure, have been still a seaman's existence, but directed on now to me utterly inconceivable lines.

　No. My will had nothing to do with it. Indeed, no sooner had I made that fateful noise than I became extremely sorry for it. Had the man stopped and faced me I would have had to retire in disorder. For I had no notion to carry out Captain Giles' idiotic joke, either at my own expense or at the expense of the Steward. (25)

ジャイルズの意図（プロット）は、「私」を船長にするという最終目的に向かって一貫している。ただ、当時の「私」にはその意図（プロット）は見えず、それが「ばかげた冗談」にしか思えない。一方、行動の動機を曖昧にする語り手「私」は、ここでも、自分の行動は意志的ではない、偶然のせいだと言おうとする。

　聞こえない振りをして逃げ去ろうとする管理人の前に立ちふさがり、船長の募集があったのかどうかを「私」が問いただすと、管理人は突然走り出し、その場から姿を消してしまう。こうして手紙の中身を知る人物が退場し、重要な手がかりを失うことになった「私」はこの時、「これでこの事件は自分にとっては終わりだ」と判断する (27)。しかし、そんな「私」の判断をよそに、ジャイルズの干渉はまだ続く。ジャイルズは、まだ間に合うので港湾事務所を覗いてみるように「私」に勧めるのである。依然としてジャイルズの意図に気付かない「私」は彼の干渉に不快感を示す。この出来事を「純粋に倫理的」だと感じる「私」("my view of the episode was purely ethical") は、「調査」("investigation") や「人の正体を暴く」("showing people up") などという「たしかに倫理的にはりっぱな仕事に違いないが、面倒な仕事」("ethically meritorious kind of work") は「あまり自分の趣味にあわない」と一蹴する (27)。「私」の無関心に驚いたジャイルズは、自分がわざわざ骨を折って船長職を用意したことをここで初めて明かす。これは、言わば「倫理的」かつ目的論的でもあるジャイルズのプロットの種明かしであ

第6章　『陰影線』論 ── 告白する「私」の権威 ──

る。この時「私」は突然この問題の「倫理以外の別の側面」に気付く（"this matter had also another than an ethical aspect" [28]）。実は、バンコクで死亡した英国船の船長の代わりとして「私」を探していたのは、エリス船長だった。港湾事務所に向かった「私」は、そこでエリス船長から正式に船長として任命される。「生活を海にゆだねているあらゆる人間の運命を支配している」（30）エリス船長こそ、「私」を船長にしようとしていた「最高権威」（29）だったのだ。

「私」が過去において船長職（command）を手に入れたように、この時、語り手は「倫理的な」ジャイルズの呪縛から逃れ、自分の語りに対する指揮権（command）を手に入れる[16]。ここまで、ジャイルズのプロットによる物語のモードと語り手のモードとがせめぎ合っていたが、「私」が船長職を獲得して以降もジャイルズがいつまでも干渉してくることが「私」には我慢ならない（"I wonder what this part of the world would do if you were to leave off looking after it, Captain Giles? [...] why you should have taken all that interest in either of us [me and the Steward] is more than I can understand" [39]）。しかし、陸の上の挿話が終わりに近づくと、ジャイルズは「まるで自らの使命が終わりに近づいているかのように」立ちすくんでいる（43）。

忠誠心を失った裏切り者に対する道徳的な判断に拘りながらその結論を先送りし続けたマーロウの語りの行為は、最終的な判断を空白にし続けることでもある。『陰影線』では、ジャイルズのおせっかいが体現する動機や原因を追究する姿勢と、それを空白にし続ける語り手「私」の姿勢が拮抗している。ジムについて最終的判断を下せないマーロウの逡巡が『ロード・ジム』の語りを引き伸ばしていたように、『陰影線』において、「モラリスト」であるジャイルズとモラリストではない語り手の敵対関係は、「私」がいったん船を下りたことによって冒頭であっけなく終わりかけ、管理人が姿を消したことによって再度「これで終わりだ」と思われた陸の上の挿話を引き延ばし、かろうじて前進させていた。

4

　ここで、最初の問いに戻って、『陰影線』という自伝的告白の陸上の挿話において結局「私」はどれだけ暴露されたのかを考える時、職にあぶれたハミルトンの妬みや管理人の小細工に妨げられながらも結局ジャイルズに促された通り陸上の挿話の終わり近くでやっと港湾事務所に出向いた「私」に向けられた、エリス船長の「今までいったいどこにいたのか」("Where have you been all this time?" [31]; "Where the devil did you hide yourself for the best part of the day?" [32]）という言葉は暗示的である。「どこに隠れていたのか」というエリス船長の「私」への問いは、突然わけもなく辞職して船を下り、陸の上でぶらぶらしている「私」の行動がよく理解できず、彼の行動パターンから彼が何者なのかをどう判断してよいかわからないと感じているかもしれない読者の（そして、先に触れた大方の批評家の）問いを代弁している。エリス船長の発言からは、隠されていた真の「私」なるものが「告白」という語りの行為によって明らかにされるにちがいないという読者の期待を裏切っていること——陸上の挿話においてこの時点まで「私」がなかなかテクストの中で正体をあらわさないこと——を語り手である「私」（あるいはその背後の作者）が十分意識していることがうかがえる。ここには、ジムの人物像がとらえられない、描けないと苦しみながらもそれでも実像に迫ろうとしていたマーロウの姿勢はもはやない。一方、コンラッドの後期作品に関してよく言われるように、老いたコンラッドの創作エネルギーが衰えてしまって自伝的告白をうまく統御できていないわけでもない。むしろ作者は、人物の実像をとりつかれたように追い続けた前期作品の特徴を故意にずらし、自分が伝統的な意味で語りを統御し、ラズーモフのように「自己暴露」（*UWE* 6, 217）しようとしているわけではないことを露呈させている。

　しかし、「私」が何らかの確固とした意味の探求——自分についての真実の開示——のために語っていないのだとすると、「告白」語りの権威者である「私」はいったい何のために語っているのだろうか。語りを統御し、ある判断や意味へと導くモラルがないならば、いったい「私」の「告白」はどの

第6章　『陰影線』論 —— 告白する「私」の権威 ——

方向へ進んでいくというのだろうか。意味（実体）から切り離され、記号の戯れになりかねない方向性のない語りは、それこそ「すべてのものから切り離され、乗組員もろとも沈没するまで世界中を漂流する」幽霊船（61-2）のようではないか——このような問いが語り手である「私」（そして作者）の脳裏をよぎったに違いない。意味をなさない語りは時としてただの騒音——前任の船長が死の間際にでたらめにかき鳴らしていたヴァイオリンの音にも等しい——と「私」（そして作者）は感じていたのではないだろうか。「私」の前任の船長はヴァイオリン奏者（"artist"）（58）と呼ばれており、物語の背後の作者（"artist"）との比較を誘う。「私」の前任者は、ある停泊地で妖術師まがいの女性との恋にやぶれ、「船も乗組員も金輪際港に着かせるものか」（61）という言葉を残して航海の途中で亡くなった。船の行く手に水葬された前任船長の亡霊の「呪い」で若い船長の船は凪でシャム湾内に閉じ込められ、乗組員は次々と熱病で倒れていく。船は、死人を乗せた幽霊船のように永久に漂流するかに思えたが、何とか辿り着いた港で病み疲れた乗組員を降ろし、新たな旅に出る。前任の船長はゴシック小説の恐怖をかきたてる道具立てであるばかりでなく、何度葬っても回帰する語りの権威の亡霊（revenant [ghost]）でもある。ヴィクトリア朝の全知全能の語り手のようなジャイルズは「私」について究極的真実を知りえる権威者だった。「私」は彼の存在を疎んじてはいたが、語りを前進させていたのは彼とのやり取りだ。エリス船長も、「私」を含む船乗りの運命をそのペンで左右する「最高権威」だった（"his hand was holding a pen—the official pen, far mightier than the sword in making or marring the fortune of simple toiling men" [31]）。「私」の運命を操る彼ら権威者の亡霊は、『陰影線』の語りが「権威」を放棄しつつもそれに取りつかれていることを示している。船の行く手に葬られた前任の船長は「唯一事情を説明できる」（"the only man who could explain matters dead and buried" [43]）人物である。それゆえ、彼はテクストの中で沈黙を強いられている。ジャイルズが多弁でなかったように、前任の船長もまた無口で、船の所有者にも妻にも一切手紙を書かない（61-2）。こうして抑圧された「告白」語りの権威は亡霊として何度も回帰する。いかにコン

ラッドが道徳的な語りから離れてテクストに告白語りの権威である「私」を死者として埋葬しようとしても、ジャイルズ、そしてエリス船長の姿を借りて、あるいはシャム湾の入り口に葬られ、船の進行を妨害しようとする前任船長の姿を借りて、自己についての究極的真実を知る権威者は亡霊のように甦り、「自己暴露」させようとする。

　このように、この物語の「幽霊」が純粋にゴシック装置とは言い難い側面を持つことは、例えば以下の一節においても示唆されている。次の引用箇所で、若き日の語り手は、出航前に1人になって、自らの突然の辞職の後、ジャイルズ船長と出会ってから船長の地位を手に入れるまでの奇跡的な成り行きを冷静に振り返り、それを「魔法」に喩えているが、彼の言う「魔法」とは、純粋に驚異の念や恐怖心を掻き立てるという効果だけを狙っているとは言い切れない。

>　First I wondered at my state of mind. Why was I not more surprised? Why? Here I was, invested with a command in the twinkling of an eye, not in the common course of human affairs, but more as if by enchantment.
>
>　I ought to have been lost in astonishment. But I wasn't. I was very much like people in fairy tales. Nothing ever astonishes them. When a fully appointed gala coach is produced out of a pumpkin to take her to a ball Cinderella does not exclaim. She gets in quietly and drives away to her high fortune.
>
>　Captain Ellis (a fierce sort of fairy) had produced a command out of a drawer almost unexpectedly as in a fairy tale. (39-40)

ここで若き日の語り手は、奇妙な成り行きで船長になってしまったにもかかわらず意外に落ち着いている自分を、まるでシンデレラのような「おとぎ話の中の人物」に喩えている。あまりの不意打ちに、彼は、自分が「人間の問題」が扱われる世界ではなく、「魔法」の世界に入り込んだように感じている。それほど現実感覚を失ってしまって驚くことさえできない、と語り手は

第6章 『陰影線』論 —— 告白する「私」の権威 ——

言っているようだ。コンラッドは『陰影線』の序文においてこの物語には「超自然的なところは一切ない」こと、つまり『陰影線』は「おとぎ話」ではないと言っていたが[17]、それでもこの物語を敢えて同時代のキプリングの作品と同じような「帝国のゴシック」として読むならば[18]、自伝的告白における回想の対象としての自己は、文字通り「おとぎ話の中の人物」だ。「おとぎ話の中の人物」——つまり、虚構の存在——であるシンデレラが驚いて叫び声をあげたりしないように、過去の自分も驚いたりはしない。これは、単に思いがけず船長になれた若者の夢のような心境を言っているというよりも、『陰影線』の虚構性、自らの語りの行為に対する自意識のあらわれともとれる。同様に、以下の一節において、書類の中の自分を「幽霊」と呼んでいるのも、恐怖の念を抱かせるためだけではない。

> I was, in common with the other seamen of the port, merely a subject for official writing, filling up of forms with all the artificial superiority of a man of pen and ink to the men who grapple with realities outside the consecrated walls of official buildings. What ghosts we must have been to [R.]! Mere symbols to juggle with in books and heavy registers, without brains and muscles and perplexities; something hardly useful and decidedly inferior. (34)

同じ箇所で主人公は、まだ船長という「新しい権威が身についていない」(33) 自分にさえ恭しく接するR氏（雇用契約などに立ち会う監督官）に感激しており、その意味ではここに、「役立たず」で「劣った」未熟な若者の謙遜の気持ちを読み込むべきなのだろうが、そのような素直な気持ちと込み入った文体がどうも調和しない。語り手はここでテクスト（"writing," "books," "heavy registers"）と現実（"realities"）を対比しているが、彼の言葉は、どうしてもそれが対応しているはずの「現実」よりは、その肌理（texture）の方に我々の関心をひきつけるのであり、まさに「壁」となって、その奥や裏に内容としての若者の素直な気持ちを覗こうとする読者の邪魔をする。「壁の外の現実と格闘している」とは思えない語り手の口吻には確か

に「気取った文筆家の優越感」さえうかがえる。言葉の「壁」で遮蔽するような文体の特徴は、後で述べるように、この物語が「告白」であることと当然関係しているだろう。彼は「気取った文筆家の優越感」でもって、「公式文書の対象」としての過去の「自己」を、「単なる記号」として「手品のように」扱っていると言えよう。このように、語り手の「幽霊」という言葉には、語りの対象としての過去の「自己」は、「精神も肉体も複雑なところもない存在」——実体がなく所詮言葉に過ぎないという醒めた言語観がうかがえる。

『陰影線』の「魔法」や「幽霊」が暗示する言葉と実体の乖離の問題は、コンラッドの語りにたえずつきまとう問題である。コンラッドの語りは、物語内容としての体験があくまで言説化されたもの、つまり言葉であるという認識に貫かれている。例えば、『ロード・ジム』のマーロウは、ジムが聞き手の前に存在するのは語り手である自分の言葉を通してのみだと言っている ("He existed for me, and after all it is only through me that he exists for you.") [19]。もちろんマーロウはジムの実像に迫ろうとして語っている。しかし、作者は、そんな彼の語りの行為がもしかしたら徒労に終わるのではないかと感じている。ジム（の人物像）という物語内容を生起させているのは、マーロウの物語言説であり、聞き手（読者）は物語言説を通してのみ物語内容としてのジムに到達できるという認識が作者の側には（おそらく語り手であるマーロウ自身にも）ある。この点をさらに突き詰めた『西欧の目の下に』では、物語内容としてのロシアを理解しようとしても無駄だと語り手である英国人語学教師は繰り返し言う ("this is not a story of the West of Europe. [...] It is unthinkable that any young Englishman should find himself in Razumov's situation. This being so it would be a vain enterprise to imagine what he would think." [*UWE* 25])。語り手が、西欧とロシアの間にある「国籍の違い」(*UWE* 116) を理由に理解の不可能性を主張しても、日記の書き手であるラズーモフと、その日記の翻訳者である英国人語学教師という２人の語り手を持つ『西欧の目の下に』では、物語の中の「西欧の読者」も物語の外の我々読者も実際のロシアどころか、ロシア的な体験が綴られたラズーモフ

第6章 『陰影線』論 —— 告白する「私」の権威 ——

の日記さえ直接目にすることができない。こうして二重にロシア的な体験から遠ざけられた我々は、伝達者である英国人語学教師の言葉に依存せざるを得ない。我々読者は、前途有望な青年ラズーモフの人生を狂わせるロシアの政治の非情さを痛感しつつも、そのロシアは、語り手の言葉（英語）であるということを随所で意識させられる。

　このように個人的な語り手を用いて物語内容が言葉であることを問題化してきたコンラッドは、いずれ物語内容が現実世界で起こることから完全に乖離してしまう可能性を秘めていることを絶えず意識していたにちがいない。「暗黒大陸」アフリカ、「神秘的な」東洋は、すでに西欧的な意味での具体的な「現実」の境界を越えた世界だった。『西欧の目の下に』では、とうとう物語内容としてのロシアはもはや「西欧の読者」の手の届かない領域に押しやられている。言葉では到達できない謎めいた領域の延長線上にある『陰影線』の超自然は、（英語という言語で）言説化されたコンラッドの物語内容がいずれ辿りつく宿命的な形態だと言えよう。すでに『ロード・ジム』でも、マーロウが分身ジムを「地上をさまよう霊」（"a disembodied spirit"）（*LJ* 351）と何度も呼んでいたし、言葉としてのロシアは、『西欧の目の下に』に先立って書かれたエッセイ「専制と戦争」（"Autocracy and War"）（1905）において、「幽霊」と呼ばれていた[20]。このように前期から信頼できない語り手を登用してきたコンラッドの技法の展開の延長線上で、『陰影線』で語り手が虚構の存在としての自分を「幽霊」と呼んでいることを考えるなら、そこに恐怖以外の要素が暗示されているとしても不思議はない。

　ロシアの「実体」を伝えられない「言葉」が英語だという『西欧の目の下に』の設定が、英語に対する外国人（東欧人）である作者の絶望の深さを物語っているとしても、『陰影線』では、『西欧の目の下に』の場合のように東／西、つまり実体（ロシア）／言葉（英語）の間の葛藤に引き裂かれて苦しんでいる様子はない。『陰影線』における「悪」は、前任船長の亡霊の呪いであるが、語り手はそれを "supernatural evil"（85）と呼んでいる。この "supernatural evil" が船の行く手を阻み、乗組員を熱病で苦しめる。やつれ切った乗組員の姿を見て船長は、彼らを救う薬が常備されているかどうかを

109

確認し忘れた自分を責め、「罪を告白した犯罪者でもこれほどの罪の意識に押しつぶされることはなかっただろう」(96)と言っている。船長には、この件で「永遠の後悔の種が自分の胸に蒔かれた」らしく(95)、強風で帆が吹き飛ばされそうになると、まるで「死刑宣告が下されたかのように」感じ(106)、マストが折れそうになると、それを「首を切り落とす準備として手足を縛られるようなもの」ととらえている(107)。しかし、「私」が当てにしていた熱病の薬を換金するために別の白い粉とすり替えていたのは前の船長である。先に触れた陸の上の挿話でも、「絞首刑にでもされそうな」「私」に同情する港湾事務所の職員にこたえて、「私」は「犯罪者の役割を演じた」(8)という罪と罰の大きな物語を茶化したようなくだりがあるが、白い粉の件でも、"I feel it's all my fault, mine and nobody else's. That's how I feel. I shall never forgive myself"(95)と自分だけを責める「私」の「罪の意識」が大げさであることはよく指摘されてきた[21]。"I waited for some time fighting against the weight of my sins"(109)と「私」は言うが、彼の言う「罪」が、彼の言葉に見合うほどの「重さ」を持つとは思えず、彼の言葉から、彼がかつてのコンラッドの語り手のように、「罪」や「悪」と向き合って苦しんでいるようには感じられない。ここで語り手が、先に引いた一節におけるR氏のように言葉の「壁の外の現実と格闘している」ようには思えないのである。Hewittが、コンラッドはこの物語で悪の問題や人間性の暗い側面を扱っていないと非難しているように、まさにこういう点が、内的な悪に対する葛藤を描いた前期作品を後期の歴史ロマンスやメロドラマより評価する従来の批評家たちを満足させなかったわけだが[22]、後期コンラッドはそうした問題を以前のように扱っていない。語り手にとって言葉は、幽霊のようにはじめから実体から切り離されているがゆえに、彼は実体のない「悪」を"supernatural evil"だと言っているともとれるのである。したがって、船の前進を阻む凪は亡霊の呪いせいだと繰り返す一等航海士バーンズの妄想が、語り手に「この世のものとは思えない」("unearthly")ように響くのは、彼にはそれが"speech"や"story"、つまり言葉としてしかとらえられないからともとれるだろう("Mr Burns began a rambling speech. Its tone

第6章 『陰影線』論 ―― 告白する「私」の権威 ――

was very strange, not as if affected by his illness, but as if of a different nature. It sounded unearthly. As to the matter, I seemed to make out that dead calm was the fault of the "old man"—the late captain—ambushed down there under the sea with some evil intention. It was a weird story." [74])。というのも、熱病の再発を予告する医師の「手紙」を航海の途中船室で発見した時、「私」は、「不気味なもの ("the uncanny") でも扱っているという変な感覚」に襲われ、「驚いて」その手紙と向き合うが ("I turned to the text in wonder.")、「異常なものにぶつかったり異常なことをしたりする時のような興奮は何も感じ」ていない (80)。凪でシャム湾に閉じ込められた船が不穏な闇に包まれた夜の日記への書き込みが「影のように」("ghostly" [106]) に見えてしまうのも、やはり、それが手紙と同じく語り手にとってはあくまでもテクスト ("the text") だからではないだろうか。このように語り手が、"uncanny" や "ghostly" と言っているものには、ゴシック的な恐怖だけではなくテクストのテクスト性への意識が垣間見える。

といっても、コンラッドがポストモダン的な物語の虚構性の認識を先取りしていると言うつもりはない。コンラッドは意識的な物語作家ではあっても軽やかな言語実験を行うタイプの作家ではないだろう。ただ、『陰影線』におけるテクスト性への意識は、コンラッドが、いかにも「私」の告白体に見えるこの物語において実は、告白する「私」の権威から解き放たれ、その向こうへ旅立ったことを暗示しているのではないだろうか。

注

1) F. R. Leavis, "The Shadow-Line," *Anna Karenina and Other Essays* (London: Chatto & Windus, 1967) 92-110; Hewitt 116.
2) Leavis, *Anna Karenina and Other Essays*, 99-100. 同時にLeavisは、この作品には "moral" と呼べるようなものがなく、「試練」にも簡単に要約できるような結果や意義が見当たらないとしてこの作品の曖昧さを認め、結局この作品を "dramatic poem" として解釈している (102)。コンラッド自身は、この作品を "a fairly complex piece of work" と呼んでいる ("Author's Note," xxxvii)。

3) Guerard 30; C. B. Cox, *Joseph Conrad: The Modern Imagination* (London: J.M.Dent & Sons, 1974) 152; John Batchelor, *The Life of Joseph Conrad* (1994; Oxford: Blackwell, 1996) 245-247.
4) Joseph Conrad, *The Shadow-Line: A Confession* (Oxford: Oxford University Press, 1985) 65-66. 以下引用はすべてこの版に拠り、括弧内にその頁数を記す。日本語訳は、『陰影線』朱牟田夏雄訳（中央公論社、1971）を参考にさせていただいたが、必要に応じ文脈に合わせて私訳を試みた。
5) Robert Foulke は、長引く凪の脅威などの通過儀礼の一つ、"immobilization"を用いた例として、コンラッドの『陰影船』とコールリッジ（S. T. Coleridge）の『老水夫行』を挙げている。Robert Foulke, *The Sea Voyage Narrative* (New York and London: Routledge, 2002) 12 を参照。
6) Watt, *Essays on Conrad*, 154-7. その他 Ingram 232 参照。
7) Lothe 123; Cox 152.
8) 多領域にわたり広い意味を持つ「ゴシック」とは何かを定義することは難しいが、ここでは文学の分野での「ゴシック」を単純に「恐怖心を掻き立てるもの」という意味に限定して使用する。「ゴシック」の定義については、David Punter, *The Literature of Terror: The Gothic Tradition: A History of Gothic Fictions from 1765 to the Present Day* (1980; London: Longman, 1996) 1-19 を参考にした。
9) Watt, *Essays on Conrad*, 166; Guerard 29-33; Hewitt 116.
10) 富山太佳夫、『方法としての断片』（南雲堂、1985）239-59; Jeremy Hawthorn や Erdinast-Vulcan は、『老水夫行』と比較しつつ、超自然的要素に注目して論じているが、Hawthorn は、この物語の関心はあくまでも "life on earth" だと主張し、Erdinast-Vulcan は、"a metaphysical frame of reference, a continuum between the material and the ethical sphere" に対する人間の渇望が主題だと結論付けている。Jeremy Hawthorn, introduction, by Conrad, *The Shadow-Line*, xiv; Daphna Erdinast-Vulcan, *Joseph Conrad and the Modern Temper* (Oxford: Oxford University Press, 1991) 136.
11) 語りの虚構性やテクスト性に対する意識は、後期コンラッドを論じる際にはほぼ常識となりつつある。Robert Hampson, "The Late Novels," *The Cambridge Companion to Joseph Conrad* (Cambridge: Cambridge University Press, 1996) 142-3. Philippe Jaudel は早くからメタフィクションとしての解釈を提唱していた。Philippe Jaudel, "The Calm as Initiation: A Plural Reading of *The Shadow-Line*," *L'Epoque Conradienne*, 1988, 129-35 を参照。その他、Erdinast-Vulcan は、*Joseph Conrad and the Modern Temper* の最終章（139-200）で、後期作品を "the failure of textuality" として否定的に論じている。
12) この意味での「ゴシック」研究については、Julian Wolfreys, *Victorian Hauntings:*

第 6 章 『陰影線』論 —— 告白する「私」の権威 ——

Spectrality, Gothic, the Uncanny and Literature (New York: Palgrave, 2002); David Punter, *Gothic Pathologies: The Text, the Body and the Law* (London: Macmillan, 1998) を参照。『ねじの回転』("The Turn of the Screw") (1898) と『陰影線』とのインターテクスト (憑依) 関係を探り、コンラッドの「幽霊」を、H. ジェイムズ的なファンタジーではなくテクスト一般の構造としてとらえようとする Josianne Paccaud-Huguet の論考はまさにこうしたゴシック研究の成果の一つである。Paccaud-Huguet は、フィクションに内在する「幽霊」性 (textuality) を第一次世界大戦のプロパガンダに対する「警告」と結びつけている。Josianne Paccaud-Huguet, "Another Turn of the Racking Screw": The Poetics of Disavowal in *The Shadow-Line*. In *Conrad, James and Other Relations*. eds. Keith Carabine, Owen Knowles, and Wiesław Krajka, (Lublin: Maria Curie-Skłowdowska University, 1998) 147-70.

13) Watt, *Essays on Conrad*, 157; Ingram 233.

14) Lothe 120; Watt, *Essays on Conrad*, 156 を参照。

15) 若き日の「私」の過敏さについては、Leavis, *The Great Tradition*, 215. Guerard は「私」が短気になっている様子 ("irritability") が、読者にとっても苛立たしい ("irritating") と述べている (32)。その他同じような指摘については、Lothe 120; Watt, *Essays on Conrad*, 156 参照。

16) Paccaud-Huguet は、語りに「意味」(sense) を与えることと、船を操縦して「方向性」(direction) を与えることの間にアナロジーを見い出している (162-3)。非常にシンボリックな「秘密の共有者」に関しては、物語を操作すること (command) と船の操縦 (command) の間のアナロジーはしばしば指摘されてきた。Stallman 284; Michael Levenson 168 参照。『陰影線』に関してはこのような議論がなかったことは、この作品の物語内容ばかりが取り上げられ、そのテクスト性についての議論が先述の Jaudel の論考を除いてほとんどなかったことの一つの証拠であろう。

17) Conrad, Author's Note, *The Shadow-Line*, by Joseph Conrad, xxxvii-xxxviii.

18) 「帝国のゴシック」については、Patrick Blantlinger, *Rule of Darkness: British Literature and Imperialism, 1830-1914* (Ithaca and London: Cornell University Press, 1988) 227 を参照。

19) Joseph Conrad, *Lord Jim: A Tale* (Harmondsworth: Penguin, 1989) 208. テクストはこの版により、略記 *LJ* とともに頁数を括弧内に記す。

20) Joseph Conrad, "Autocracy and War," *Notes on Life and Letters* (London: Dent, 1947) 90.

21) Hawthorn, introduction, by Conrad, *The Shadow-Line*, xvii; Erdinast-Vulcan, *Joseph Conrad and the Modern Temper*, 135-6.

22) Hewitt 113; Moser 139.

第7章

"The Tale" 論
―― 司令官の中立性 ――

1

　"The Tale"は、コンラッドが海軍基地を視察して掃海艇に同乗した1916年に書き上げられた最後の短編である。それは、中立国の船が敵の潜水艦に物資を供給しているのではないかという疑念に駆られた英国の掃海艇の司令官が、暗礁への航路を指示してその船を沈没させてしまう物語である。この司令官の体験談は、非個人的な語り手が導入する枠物語に埋め込まれている。枠物語の語りの場である夕暮れの暗い居間で、司令官はおそらく愛人と思われる女性に向けて語っている。そもそも後期作品群自体が過小評価されてきた中で、"The Tale"も、作者の死後出版された『風聞集』(*Tales of Hearsay*) (1925)におさめられているその他の短編とともに単純素朴な物語として一括りにされてきた。確かに、入れ子式構造を持つ物語はコンラッドにおいては珍しくはないが、信頼できない語り手である司令官の語りそのものからは事の真相がよく見えない上に、彼の体験を巡って複数の「物語」が同心円構造をなす"The Tale"の複雑さはコンラッドの枠物語の中では群を抜いており、その技巧はH.ジェイムズの『ねじの回転』としばしば比較されるほど洗練されている。ところが、これまでの批評は、まず、"The Tale"にはいったいいくつの「物語」があるのかという議論と[1]、同心円構造をなす物語と物語の間に平行関係あるいは階層関係を見いだすことによって物語全体の意味を抽出する作業に終始してきた。物語どうしを照らし合わせる場合、司令官の体験談は、そのものが分析されるというよりは、枠物語にお

第7章 "The Tale"論 —— 司令官の中立性 ——

ける男女（司令官とその愛人）の謎に包まれた関係を解読する単なる手がかりとされてしまう[2]。一方、司令官の体験談を中心に解釈する場合、「世界の表層の裏に隠された真実のとらえがたさ」を劇化した「unreadabilityについての物語であるだけでなく、それ自体がunreadableな」物語[3]、あるいは「認識論的不確定さを劇化した物語」だと主張される[4]。しかし、マーロウという個人的な語り手による『ロード・ジム』や『闇の奥』を例に挙げてもわかるように、物語の不確定性や事件の究極的な真実のとらえ難さは、信頼できない語り手を巡る議論の結論というよりは前提とすべき側面であり、『ねじの回転』の女性家庭教師さながら際限なく疑念を膨らませ、語れば語るほど確固とした証拠（事実）から離れていく司令官の物語を "verbal performance" だと断言してみたところで[5]、踏み込んだ解釈が得られるわけではないだろう。こうして結局は "The Tale" を言語ゲームと見なす傾向にある構造分析派に対して、歴史派は物語を第一次世界大戦というコンテクストに置き、「国家的なノイローゼ」（戦時下の愛国的イデオロギー）が司令官に英国的な価値観への理不尽な義務感をかきたて、何の落ち度もない中立国の船を沈没させたと論じてはいるが、これも物語の構造分析派が言う司令官個人の「ノイローゼ」を国家レベルに拡大しただけで[6]、信頼できない語り手が戦争の現実そのものではなく意識に映った戦争を語っているという事実を確認していることに変わりはない。このような "The Tale" 批評の流れの中で、肝心の信頼できない語り手の意識のフィルターそのものに疑いの目が向けられるということはなかった。つまり、司令官が英国的な価値観に忠実であるということはなぜか疑われず、病的なほど潔癖な英国人である司令官に対して、中立性を放棄した怪しげな裏切り者の外国人Northmanという図式が反復されてきた。

　しかしながら、実はテクストには、職務に忠実な（つまり愛国的な）はずの司令官自身の中立性を匂わせる要素が隠されており、「中立性」という点で司令官とNorthmanは分身関係にあるかもしれないのである。後ほど触れるように、別の意味での2人の分身関係ならこれまでも指摘されてきたが、上に述べた図式的イメージの固定化が妨げとなって、2人の共通点が「中立

性」にあるという見方はされてこなかった[7]。戦時下という特殊な状況において軍艦の司令官が実は中立だとなれば、Northmanばかりでなく司令官も裏切り者だということになる。だからこそ司令官は異常なまでにNorthmanの中立性を問題にしたのではないだろうか。そうだとすると、「その物語」――"The Tale"――とは、この司令官の隠された「中立性」の物語なのかもしれないのである。

2

　多くのコンラッドの主人公と同様に、"The Tale"の司令官も「義務」という言葉を好み（*THL* 61）、「誠実」「率直」「情熱」を信条とする潔癖な人間らしい（*THL* 64）。自分の船の中立を主張するNorthmanを信じられない司令官は、「大きなうそ」が「まるで壁のように堅く立ちはだかり、どうやっても真実に到達できない」ように感じている（"the Englishman felt himself with astonishing conviction faced by an enormous lie, solid like a wall, with no way round to get at the truth, whose ugly murderous face he seemed to see peeping over at him with a cynical grin." [*THL* 76]）。司令官は、Northmanが敵の潜水艦との「凶悪な共謀」をその中立性の仮面の下に隠していると決めつけ、Northmanの「うそ」に対して激しい嫌悪感を示す（"the Commanding Officer was in revolt against the murderous stealthiness of methods and the atrocious callousness of complicities" [*THL* 67]; "The Officer's gorge rose at the atmosphere of murderous complicity." [*THL* 79]）。従来の批評は、このように一見潔癖に思える司令官の性質を根拠に正義漢としての彼のイメージを強化してきた。しかし、うそに対する彼のこの嫌悪感は誠実さからだけのものとはどうも言い切れない。通常闇は人を不安にさせるものだが、司令官は日の光より「友人の偽善のように見えるものを隠してくれる」闇に安堵感をおぼえるらしい。日の光はうそと同じくらい「不愉快」であるが、闇はうそを隠してくれる、と彼は言う。彼が「鈍い輝き」を放つ霧を嫌がるわけは、それが人に「見る」ことを強制し、何らかの判断を迫るからだ（"thick weather, though it blinded one, brought no such relief. Mist is deceitful, the

第7章 "The Tale" 論 —— 司令官の中立性 ——

dead luminosity of the fog is irritating. It seems that you *ought* to see." [*THL* 64])。彼がうそを嫌うのは、彼が誠実な人間だからというよりは、うそを目の前にした時どうしてもそれがうそなのかどうか判別しなければならないからである。批評家たちは、うそ嫌いを司令官の道徳的清廉さと結び付けたがるが、彼はむしろそうした判断を迫られる状況から逃げたいのではないか。実際司令官は、Northmanの「うそ」を暴かねばならないことが、「道徳的というよりは気質の点から」苦手であることを漏らしている ("The Commanding Officer was one of those men who are made morally and almost physically uncomfortable by the mere thought of having to beat down a lie. He shrank from the act in scorn and disgust, which was invincible because more temperamental than moral." [*THL* 75])。もしかしたら司令官は何にもコミットしたくない "neutral" な精神の持ち主なのではないか。

　有事において、敵の潜水艦を監視する任務を負った船の司令官の「中立性」は自国に対する「裏切り」を意味するだろう。「義務」という言葉を好む彼は、立場上、自分の "neutral" な「気質」ゆえにおそらく苦しみ、常にそれを押し殺そうとしていたはずであり、敵の潜水艦や不審船を警戒せねばならない日中の「見る仕事」("the work to see" [*THL* 64]) は彼にとって苦痛であったに違いない。霧に包まれた入り江で停泊する不審船が "neutral"（中立国の船）だとわかった時、司令官の脳裏をよぎった「はっきりと口に出して言えない」疑念とは自分の中立性 ——「裏切り」—— に対する疑念であり、その疑いを晴らすために、彼はわざわざみずから中立国の船に乗り込んでいったのではないか。しかし、そんなことは「はっきりと口に出して」言えるはずもない。以下の一節で司令官はこの時何を発見したかったのか次のように述べているが、彼の口調は当然のことながら重い。

　　What did he expect to find? He could not have told anybody—not even himself.
　　What he really expected to find there was the atmosphere, the atmosphere of gratuitous treachery, which in his view nothing could excuse; for he

thought that even a passion of unrighteousness for its own sake could not excuse that. But could he detect it? Sniff it? Taste it? Receive some mysterious communication which would turn his invincible suspicions into a certitude strong enough to provoke action with all its risks? (*THL* 71-2)

　司令官は、発見したかったものが「裏切りの雰囲気」だと言っている。これまでの解釈では、「裏切り」とは、通常、中立国の船を装いながら敵の潜水艦に物資を補給しているとされるNorthmanの卑劣な行為を指すと考えられてきた。しかし、発見したのがNorthmanの「裏切り」ならば、「人に言えない」、ましてや「自分にさえ言えない」わけはないだろう。掃海艇の任務の性質上そのような発見はむしろ手柄になるはずだ。司令官は、Northmanの「裏切り」が許せないと言う。しかし、"could he detect it? Sniff it? Taste it?"というたたみかけるような問いかけにはNorthmanの「罪」を断定し切れない迷いが感じられる。それは執拗に浮かんでくる「克服しがたい疑念」でありながら、「いかなる危険を冒しても行動に駆り立てるほど強い確信」になかなか至らないようだ。ゆえに行動がとれない司令官は悶々と疑い続ける。

　そんな司令官が、霧で入り江に迷い込み、船が今どこに位置しているのかわからない（"I don't know where I am. I really don't." [*THL* 73]）と何度も繰り返すNorthmanとついに対面した時、はっきりとした立場を取れない、文字通り「どこにいるかわからない」——中立的な自分を見ているように感じなかっただろうか。Northmanが自分の目の前で釈明をしている間、猜疑心に駆られる司令官の「自己の深部」で「内なる声」が「もう一つの物語」(*THL* 73) を呟くと語り手は言っている。司令官の「自己の深部」で「内なる声」が呟く「もう一つの物語」とは、無実なNorthmanに対する疑念（「偏見」）の「物語」だと考えられがちだが果たしてそうだろうか[8]。司令官自身は、目の前のNorthmanの申し開きがもっともらしく聞こえることこそ「偏見」だと言っている（"The Commanding Officer listened to the tale. It struck him as more plausible than simple truth is in the habit of being. But that, perhaps, was prejudice." [*THL* 73]）。自分がどこにいるかわからなくなった

第7章 "The Tale" 論 —— 司令官の中立性 ——

というNorthmanの話を聞き、司令官の心の奥で内なる声がつぶやいたのは、自分もどこに居るのか——どういう立場に立ってものを見ればよいか——わからないということではなかっただろうか。Northmanが繰り返す"I don't know where I am. I really don't"は、まさに司令官自身の心の叫びではなかっただろうか。

　まずどこに立脚点を置くべきかがわからなければ何の行動もとれないはずだ。それゆえ、無理やりにでも行動をとるために、司令官の「内なる声」は、「故意に怒りを持続させるかのように」呟く。

> All the time the Northman was speaking the Commanding Officer had been aware of an inward voice, a grave murmur in the depth of his very own self, telling another tale, as if on purpose to keep alive in him his indignation and his anger with that baseness of greed or of mere outlook which lies often at the root of simple ideas. (*THL* 73)

司令官の怒りは通常、パラノイア的な正義感の表れと考えられているが、むしろ、何にもコミットできない自分を行動へと無理やり駆り立てる努力ではないか。それは「故意に」疑念と行動をつなぐものかもしれない。自分たちがどこにいるのかわからないと最後まで言い張るNorthmanに、間違った航路を指示して濃霧に包まれた入り江から出て行くよう命じる司令官の「心臓の鼓動は怒りと恐怖で激しく打ちつけている」（*THL* 79）。入り江から出たNorthmanの船は結局岩棚に激突し沈没する。Lotheはじめ批評家たちは、この件で潔癖な司令官は苦渋の決断を迫られたと考えている[9]。確かにそれは司令官にとって「最大の試練」（"a supreme test"）（*THL* 80）だったかもしれないが、実際彼はNorthmanの言っていることの真偽を自ら判断したわけではない。結局どちらかに決められない「中立的な」司令官は、暗礁への航路を教えることでNorthmanの船が中立を装って敵に援助しているのかどうかを「試した（testした）」だけだ。

　その"test"の結果得られた「真実」がいったいどういうものなのかは判然

としない。司令官は、中立を装って敵に援助している船ならば沿岸一帯の地形は知り尽くしているはずだろうから、逃げ切れると思ってでたらめの針路を指示したのだろうか。それならば敵に資する者を逃がしたことになり、明らかに英国への裏切り行為である。一方、たとえNorthmanが沿岸一帯の地形を知り尽くしていたとしても、深い霧の中を無事逃げおおせたかどうかはわからない。司令官がどんな針路を与えようと、Northmanの船は深い霧のためにうまく針路が取れず岸壁に衝突したのかもしれない。したがって、Northmanが中立か否かは謎のままで、Northmanと彼の部下の死からは何一つはっきりしたことは言えそうにない。それにもかかわらず、司令官は、Northmanが繰り返していた"I don't know where I am. I really don't"という言葉がもしかしたら「Northmanの物語の中で唯一の真実だったかもしれない」と断定している。これは、それほど司令官がNorthmanに同化してしまっていることの証拠だ。というのも、司令官が発見したかったのが、自らの中立性についての「真実」（じぶんがどこに位置するのかわからないということ）であった以上、司令官の投影としてのNorthmanは彼にとってどうしても自分の位置を把握できない"neutral"でなければならず、"I don't know where I am. I really don't"という言葉が「真実」でなければならないからだ。

　こうして限りなく 2 人の分身関係が顕在化してきたところで、司令官は"neutral"としての素顔を露呈させる。ここまで司令官はあたかも他人の話をしているふりをしていたが、この後、「物語」中の司令官が実は自分であることを明かす。以下の一節にある通り、ここで彼の口調はまるでNorthmanそのものであり、Northmanと司令官の姿は重なっている

> Yes, I gave that course to him. It seemed to me a supreme test. I believe—no, I don't believe. I don't know. At the time I was certain. They all went down; and I don't know whether I have done stern retribution—or murder; whether I have added to the corpses that litter the bed of the unreadable sea the bodies of men completely innocent or basely guilty. I don't know. I shall never know." (*THL* 80)

第7章 "The Tale"論 ── 司令官の中立性 ──

この一節において何度も繰り返される「わからない」という司令官の言葉は、自分がどこにいるのかわからない（"I don't know where I am. I really don't"）というNorthmanの言葉を思い出させる。最後に仮面を捨てて語り手が露呈した姿とは、自分の位置がわからないというNorthmanの分身としての自己である[10]。Northmanの船に乗り込んでいく際に司令官は、「本当に見つけたかったもの」が「裏切りの雰囲気」だと言っていた。それは、司令官の立場で「中立性」を秘めた自らの「裏切りの雰囲気」に他ならない。一見職務に忠実なふりをして中立船に対する疑惑の「物語」を語る司令官は、このように、自らの中立、つまり、「裏切り」を暴露する「もう一つの物語」を実は語っていたのである。

3

司令官は、以上見てきたような言わば秘密の告白の物語を、中立国の船（neutral）を入り江に発見し、そこから追い出すまでの自らの体験として、見るという行為にこだわりながら語ってもいる。沿岸監視船の司令官は、その仕事の性質上、徹底的に見る人間である（"He used to be sent out with the ship along certain coasts to see—what he could see." [*THL* 63]）。彼は「海の世界は堂々とにしても、こっそりとにしても、さまざまなやり方で中立船が動かしているもので、しっかり監視せねばならない」（"That [a world of seas and continents and islands] [...] was mostly worked by the neutrals in diverse ways, public and private, which had to be watched [...]" [*THL* 62-3]）という決意で職務にあたっている。戦争が始まって間もないある日、岩の多い危険な沿岸で監視していた司令官は、霧の中で中立国の船（neutral）を発見する。偵察の報告では問題がなかったにもかかわらず、司令官は自分の「目」で確かめるためその中立国の船に乗り込んでいく（"I want to look into it [a neutral] myself." [*THL* 71]）。濃霧の中、入り江から出て行くよう命じられたNorthmanの船は司令官の指示通りに航路を取り、岩棚に激突して沈没するが、司令官はこの結末を、Northmanが、「脅すような凝視によって追い出されたようだ」（"He [Northman] seems to have been driven out by a menacing stare—nothing more." [*THL* 80]）と表現している。

　すでに触れたように『ナーシサス号の黒人』に付された序文において、コンラッドは「目に見える世界」("the visible universe") をひたすら忠実に記録し、読者に「見せる」("to make you *see*") ことを作家の「仕事」として宣言した[11]。"The Tale" の語り手が見る人間であるという設定も、『ナーシサス号の黒人』に始まり『西欧の目の下に』で頂点に達するコンラッドの「印象主義」の延長線上に置いて考えることができよう[12]。作者は、語り手である司令官に視覚による「印象」という言葉を意識的に何度か使わせている節がある（"Flippancy, like comedy, is but a matter of visual first-impression [*THL* 62]; His [the Commanding Officer's] impression of them was—a picked lot; have been promised a fistful of money each if this came off; all slightly anxious, but not frightened" [*THL* 75-6]）。司令官の視覚へのオブセッションはよく指摘されるが[13]、見るということは解釈すること、認識することであり、語りの行為と密接に関係する。"The Tale" を語りおこす非個人的な語り手も、口論する男女を登場させる前に物語の冒頭で、そのことを以下のように読者に喚起している。

> Outside the large single window the crepuscular light was dying out slowly in a great square gleam without colour, framed rigidly in the gathering shades of the room. It was a long room. The irresistible tide of the night ran into the most distant part of it [...]. (*THL* 59)

ここで、語り手は「窓」や「四角」、つまり「枠」を意味ありげに強調している。フレーム（額縁）の問題は、ものを見るということとつながっている[14]。フレームが喚起しているのは、世界をそこを中心にしてのぞくための視点、パースペクティブの問題である。"The Tale" が目や視覚、「世界」という言葉にこだわるのはそのためだろう。司令官が本格的に体験談を始める前に、非個人的な語り手は登場人物たちに何度も「世界」という言葉を使わせている。体験談を語り始める前に司令官は、「この世で話す価値のあるものは

第7章 "The Tale" 論 ── 司令官の中立性 ──

すべて話した」にもかかわらず、愛人がまだ何か話してほしがっていることに驚いている（"Had he not just said to her everything worth telling in the world—and that not for the first time!"）。しかし、外側の非個人的語り手は、"there's nothing more unswerving in the world than a woman's caprice" とまるで愛人のしつこさを擁護するかのようだ。しかし、愛人の要求しているのは、「この世」の物語ではないらしい（"It could be a tale not of this world,' she explained." [*THL* 60]）。しかし、かといって、司令官が誤解しているように（"'You want a tale of the other, the better world?' he asked, with a matter-of-fact surprise. 'You must evoke for that task those who have already gone there.'" [*THL* 60-1]）、「あの世」の話でもない（"'No. I don't mean that. I mean another—some other—world. In the universe—not in heaven.'" [*THL* 61]）。テクストが仮にも理解されるのは、読者のよく知っているコードやフレームにしっかり固定されるからである [15]。語り手は、「世界」という謎を語りという枠組みの中に調伏しようとし、読者（聞き手）の視線もまた、語り手の語る物語を何とかして起承転結の額縁構造として読み取ろうとする。つまり、この冒頭の一節は物語とその枠組みを図象化したものである [16]。その意味で、中立船（neutral）を発見し、フレームの外に追い出すという司令官の語りの行為は、一種の「悪魔祓い」にも似た行為であり、フレームの外に追いやられた "neutral" な Northman とは、司令官の自己の抑圧すべき部分なのかもしれない。

　問題は抑圧の対象としての「中立性」への各語り手の対処である。司令官はそれを告白しているようではあるが、以下に見ていくように、外側の語り手の立場は曖昧だ。彼が司令官の中立性（裏切り）を責めたてているとはどうも考えにくい。司令官が体験談を語り終わると、フレームの外に物語の場は移り、場面は聞き手である女性がいる暗い居間に戻る。先ほど確認したように、まるで司令官の「物語」のフレームから追い出された Northman が司令官にのりうつったかのように、「すべての見せかけ」を捨てた司令官と Northman は重なっているが、その姿は、居間の「深まる闇」に吸収されてしまう。すべてをさらけ出しているはずの "neutral" な司令官の姿は居間の闇

に紛れて見えない。

　そしてさらに、暗い居間で司令官を待っているのは、愛人の解釈の枠組みである。司令官が仮面を外してさらけ出した姿は彼女の解釈に取り込まれそうになる。聞き役の女性は司令官を中立的な精神を持つ「裏切り者」としてよりも、"The Tale"を論じる大方の批評家と同じように、うそが嫌いで誠実な理想主義者とどうやら思い込んでいるらしい。

> Her eyes put two gleams in the deep shadow of the room. She knew his passion for truth, his horror of deceit, his humanity.
> 'Oh, my poor, poor—'
> 'I shall never know,' he repeated, sternly, disengaged himself, pressed her hands to his lips, and went out. (*THL* 80-81)

　ここで、部屋の闇の中で光る彼女の「目」が強調されているように、彼女は彼を「目」、つまり自分の解釈のフレームの中に取り込もうとする。彼女の"my poor, poor—"に続く言葉は何なのだろうか。この形容が完結した時、彼女の認識の枠組みの中で司令官の像が結ばれるはずだ。しかし、彼女が言い終わらないうちに彼は彼女の手を振りほどき出て行く。こうして司令官は最後に女性の解釈をすり抜ける。このことによって、愛人による司令官の人物像は完結しない。

　物語冒頭での2人の謎めいた雰囲気の中での口論といい、この最後の別離といい、それらはどうも不倫関係にあるらしい2人についてロマンチックな解釈を誘ってきた。しかし、序で述べたように、これを男女の「別れ話」であるとか、愛人の不実を疑う男の物語であるというロマンスに回収するだけで終わってしまっては[17]、非個人的な語り手の思う壺である。司令官が自らの苦しみを吐露しようとした時も、彼女は彼が最後まで言い切る前に自分の解釈を差し挟んでいた。

> "[The] Commanding Officer was in revolt against the murderous stealthiness

第7章 "The Tale" 論 ── 司令官の中立性 ──

of methods and the atrocious callousness of complicities that seemed to taint the very source of men's deep emotions and noblest activities; to corrupt their imagination which builds up the final conceptions of life and death. He suffered—"

The voice from the sofa interrupted the narrator.

"How well I can understand that in him!" (*THL* 67)

彼女が彼女なりの理解を示すことによって、テクストに空白("He suffered—")が生じ、司令官が本当は何に苦しんでいたのかを読者は知ることができない。姦通の物語という解釈の枠組みは、極限状況で苦渋の決断を迫られた誠実な司令官という解釈を補強し、司令官の中立性の問題を曖昧にしてしまう[18]。Northmanを死に追いやった司令官の判断を戦時下の特殊な状況に照らして情状酌量するにしても、それを戦争の狂気と呼ぶにしても[19]、この殺人行為によって、司令官はその行動の点でもはや"neutral"ではなくなったということは言えるだろう。敵と共謀する者を殺した彼の行為は「愛国的」行為のはずである。彼は確実に「海の底に散らばる死体の数を増やした」(*THL* 80)のであり、完全に戦争のイデオロギーにコミットしてしまったのだ。それでも彼があの判断は正しかったのかどうかわからないと言って、まだ自分の行動についての最終的判断を避ける時、それは、彼がよく夜の闇に逃げ込んで安心していたように、「深まる闇」という道徳的混沌状態に意図的に逃げ込んでいるだけだと言わねばなるまい[20]。しかも、女の手を振り払って出て行くことによって、とうとう司令官は一番外側にある物語の枠のさらに外へ飛び出すことになる。このことによって、男は女の解釈に回収されずにすむばかりでなく、外側の語り手の枠(居間の暗闇)、つまり解釈からも逃れられる。ということは、外側の語り手の背後の作者は、ロマンスという「枠組み」を用いて2人を引き裂くことで、結局、中立的な精神を持つ「裏切り者」としての司令官をどのような解釈の枠組みにも取り込むことなく、つまり、最終的判断に付すことなく、物語の外に手放したことになる。これこそ、作者が自らの分身としての司令官に最終的に与え

125

た「永遠の赦し」("an infinity of absolution" [*THL* 61]) なのだろうか。前に引用した冒頭の一節で、窓枠が部屋の中の闇に縁取られ、最終的にはゆっくりと闇に消えていくこと ("the crepuscular light was dying out slowly in a great square gleam without colour, framed rigidly in the gathering shades of the room" [*THL* 59]) が予言的に暗示されていたように、何層もの枠構造をなす「物語」── "The Tale" ──は、こうして読者を深まっていく闇の中に置き去りにする。

　どちらでもない "neutral" とは、どちら側に対しても裏切り者だということである。Northman、そして彼に自己を投影する司令官の中立性とは、結局西欧人と土着民のどちらの側も裏切り、誰の仲間でもないノストロモ (Nostromo) や、『密偵』の二重スパイ、ヴァーロック (Verloc) の変奏に違いない。自らの分身を最終的判断に付さず、彼に「永遠の赦し」を与えたのだとしたら、語り手の背後の作者も中立的精神の持ち主ではないかという疑惑が浮上する。自分の居場所がわからなくなってしまった男の話を同じく自分の居場所がわからなくなってしまった男が語る「物語」── "The Tale" ──とは、その意味でコンラッドのどの自伝的物語よりも最も自伝的な「物語」と言えるかもしれない。個人としてのコンラッドは、自分の居場所がはっきりしない宙吊り状態に苦しみ続けたに違いない。しかし、次章で「武人の魂」を取り上げて論じるように、自分と他人、味方と敵を区別せず自分がどちら側にいるのかも決めず放浪する彼のテクストは、時として作者個人の「意図」とは別のところで「奇妙な友愛」("strange fraternity") (*The Rover*) の可能性を開こうとする。

注
1) 通常 "The Tale" には、一番外側の非個人的な語り手の「物語」("The Tale")、司令官の体験談、中立国の船の船長 Northman の釈明の 3 つの「物語」が存在すると考えられている。ここに、司令官は、Northman の釈明を聞いている時、「自我の奥底で」沸き起こる「内なる声」による「もう一つ物語」の存在に言及しており、それを 4 つ目の物語として数えるかどうかについて、意見は分かれている。Gaetano D'Elia や William

第7章 "The Tale"論 ── 司令官の中立性 ──

W. Bonneyは、この「内なる声」による「もう一つ物語」は、司令官のNorthmanに対する疑念（偏見）だと考えている。Gaetano D'Elia, "Let Us Make Tales, Not Love: Conrad's "The Tale"" *The Conradian*, 12. vol 1. (1987): 52; William W. Bonney, *Thorns & Arabesques: Contexts for Conrad's Fiction* (Baltimore & London: The Johns Hopkins University Press, 1980) 208 を参照。一方、LotheやVivienne Rundleは、上の3つの物語は顕在的な部分を構成しているが、「もう一つ物語」は直接報告されていないので、4つの物語を同列にして論じることに異論を唱えている。Lothe 74; Vivienne Rundle, "'The Tale' and the Ethics of Interpretation," *The Conradian*, 17. vol 1. (1992): 18 を参照。

2) 司令官の物語を暗に「不実な愛人の心のうちを探ろうとする男の物語」だとする解釈については、Erdinast-Vulcan, *The Strange Short Fiction of Joseph Conrad*, 172-84; D'Elia, 50-8; Jeremy Hawthorn, *Joseph Conrad: Narrative Technique and Ideological Commitment* (London: Edward Arnold, 1990) 261 を参照。また、愛人への「別れ話」だとする解釈については例えば、Rundle, 17-36; Williams, Jr. Porter "Story and Frame in Conrad's 'The Tale.'" *Studies in Short Fiction*, 5(1968), 179-85 を参照。

3) Hawthorn, *Joseph Conrad*, 267-8.

4) Lothe 72-86.

5) Bonney 213.

6) Celia M. Kingsbury, "Infinities of Absolution": Reason, Rumor, and Duty in Joseph Conrad's "The Tale," *Modern Fiction Studies*, Vol 44, number 3 (Fall 1998): 715-29.

7) 注10参照。

8) 注1 D'Elia 52; Bonney 208 参照。

9) 例えば典型的な例として、Lotheは司令官自身がNorthmanを巡る自らの「判断」の道徳的な複雑さに徐々に気付いていくと読んでいる。Lothe 85 を参照。

10) 司令官とNorthmanの分身関係についてはよく指摘される。Hawthornは、Northmanが敵国ドイツに物資を供給していることを疑って憤慨する司令官が、実は英国の港に向かうと言っているNorthmanの中立性放棄には連座していると考えている（Hawthorn, *Joseph Conrad*, 262）。Kingsburyは、敵国と通じて英国船を沈めようとしているNorthmanに、中立国の船を沈めることでまさに殺人者になろうとしている自分を重ねているという意味で、2人の分身関係を解釈している（Kingsbury 725）。Bonneyは、エンディングで司令官はまるでNorthmanが入り江から追い出されたように、女性のいる居間から追い出される、という意味で2人の類似点を指摘しているが、「中立性」という点で分身関係だと言っているわけではない（Bonney 214）。

11) Conrad, Preface, *The Nigger of the 'Narcissus' and other Stories,* xlii.

12) ここでは、Petersに倣って、「印象主義」を、人間の意識のフィルターを通した現象、

個人的な経験についての知と定義する。Peters, *Conrad and Impressionism*, 3 を参照。
13) Erdinast-Vulcanは、司令官の視覚へのオブセッションを、「男性的」あるいは「軍人的」な認識として規定し、近代の視覚の専制に挑戦したHenri Bergsonに始まる曖昧なモダニズムの美学とも結び付けている。また、女性を受け手とするこのテクストが、世界を探求の対象とし近代科学革命を可能にした視覚の支配を拒否し、聞き手である女性が体現する聴覚や触覚などの他の感覚を志向していると指摘した。Erdinast-Vulcan, *The Strange Short Fiction of Joseph Conrad*, 182-3 を参照。
14) 高山宏が『ねじの回転』や『大使たち』(*The Ambassadors*)(1903)を題材として、「窓」の小説理論として論じているH.ジェイムズの印象主義的技法は、『ねじの回転』とよく比較される "The Tale" の枠物語にも当てはまる。高山 宏『目の中の劇場』(1985; 青土社、1995) 250-74 を参照。
15) Shlomith Rimmon-Kenan, *Narrative Fiction* (1983: London & New York: Routledge, 2002) 123.
16) D'Elia 53; Kingsburyは、この枠の最も重要な機能が戦争を居間(女性の寝室)に持ち込むことであれば、いつものコンラッドの語りと違って、聞き手が女性であることは論理的な選択だと指摘している。Kingsbury 720 を参照。
17) 注2参照。
18) Kingsburyは、愛人が司令官の罪の意識を和らげようとしていると解釈し、ロマンスの枠組みをまさに補強している。Kingsbury 728 を参照。
19) 情状酌量については、Williams 180、戦争の狂気については、Kingsbury 721 を参照。
20) 一方、Petersは、"epistemological solipsism" にも "ethical anarchy" にも居心地の悪さを感じるコンラッドが最終的にはニヒリズムを拒否して "human subjectivity" の確かさを信じるに至ったと主張している(Peters, *Conrad and Impressionism*, 5-6)。

第8章

「武人の魂」論
—— 互いに遠く離れた「我々」——

1

　1812年のナポレオンのロシア遠征を前に露仏間の緊張が高まる中、ロシアの武人トマソフ（Tomassov）は、ド・カステル（De Castel）という将校の忠告でフランスを脱出し、逮捕・拘留を免れた。そのフランスの恩人は、ナポレオンのロシア撤退時に捕虜となってトマソフの前に再び姿を現し、自分を射殺して屈辱から解放してくれと彼に懇願する。悪夢のような選択を強いられる若い武人トマソフの物語、「武人の魂」（"The Warrior's Soul"）（1916）は、いかにも若者の「魂」の道徳的試練を劇化する典型的なコンラッドの物語のように見える。ところが、恩人殺しという言わば最大の裏切り行為を犯してしまうトマソフが、自らの行為や心情を自分の声で説明することがほとんどない上に、語り手である老いた武人もかつての仲間であるトマソフの動機を分析して彼の性格をはっきりと描くわけではない。したがって、語り手として「十分な説明能力がない」と非難される老いた武人の語りでは[1]、Guerardの言う「自己の内奥への内省の旅」ではなく、「時代おくれの騎士道的な名誉観」や[2]、「スラブ的なヒロイズム」ばかりが目立ち[3]、孤独なヒーローの内省がいかに描出されているかを重視するコンラッド批評の支配的パラダイムのもとでこの短編が論じられることはほとんどなかった。

　しかし、当初のタイトル、"The Humane Tomassov" が "The Warrior's Soul" に変更されたことには、描写の焦点がトマソフ個人から多少なりとも離れたことがうかがえるし、この物語が「私」ではなく「我々」という語り手を用い

ていることにも、この短編の関心が必ずしも「個」に限定されるわけではないことが暗示されている。以下に論じていくように、語り手は、「武人の魂」という言葉を、他から屹立する個よりは共同性と結び付けている。といっても、語り手が昔の武人の失われた共同体をただ懐かしんでいるというのではない。そのように騎士道精神や名誉をノスタルジックに肯定する反動性は後期コンラッドの想像力の衰退を言う時の根拠にされてきたのであるが[4]、むしろ語り手は、昔の武人仲間の「我々」、つまり、個人的主体同士の有機的な結びつきとしての（まさにたとえば軍隊のような）伝統的共同体にも距離を置き、謎めいた得体の知れない共同性の可能性を開こうとする。その意味で、このテクストにおける「魂」という言葉が持つ意味のあいまいさは、コンラッドの時代錯誤の証左というよりは、「私」という西欧の個人的主体の形而上学を解体しようとする脱構築以後の思想家たちが論ずる、来るべき「共同体」概念──「我々」の在り方──に通じる問題を先取りしている[5]。

2

「武人の魂」は、非個人的な語り手による、"The old officer with long white moustaches gave rein to his indignation." という一文によって唐突に始まる。続いて以下の一節にある通り、白い口ひげをたくわえた老いた武人が語りを引き継ぎ、ナポレオン侵攻時の生き残り兵の世代の苦労を理解するどころか、逆に敵を落ちのびさせたと簡単に「判断」して彼らを責める若い「聞き手」に対して怒りをあらわにする。

> "Is it possible that you youngsters should have no more sense than that! Some of you had better wipe the milk off your upper lip before you start to pass judgment on the few poor stragglers of a generation which has done and suffered not a little in its time."

この直後で「聞き手」たちが「悔悟の情」を示したので、老いた武人の怒りは「和らいだ」が、「それで彼が黙るわけではない」と非個人的な語り手は

第8章 「武人の魂」論 —— 互いに遠く離れた「我々」——

報告する。老いた武人は「聞き手」たちの理解のなさにめげず、この後自分も当時の「生き残りの1人」であることを明かし、戦地での体験を若者たちに「辛抱強く」語りだす（THL 1）[6]。

　モスクワ大火の後、ナポレオンの大遠征軍が敗走し始めるのを若き日の語り手は遠方から目撃した。厳しい吹雪がその「死と荒廃の場面」を吹き抜ける。風が止んだ時、退却する縦隊に突撃せよという命令が語り手の騎兵隊に下る。初めてナポレオン軍に接近した武人たちが目にしたのは「這いつくばり、つまずき、飢えた、ほとんど気のふれた群衆」（THL 3）の驚くほど悲惨な光景だった。武人たちは、抵抗もしない「その人間の集団」（"that human mass"）の中を突き進んでいく。若き日の語り手ももちろんフランス兵を手にかけた。彼の馬は「揺れ動く人間たちの渦」の中でよろめき、彼は「どうされようと気にかけない、いわば電気で動いているだけの死体」に切りつける（THL 4）。引きあげようとした彼の足をつかんだフランス兵に剣を振り下ろしたちょうどその時、彼は、「生気のない目をし、蘇った多数の死体に取り囲まれた」トマソフの姿を発見する（THL 4-5）。これは、老いた武人の体験談に主人公トマソフが初めて登場する場面であるが、戦場での主人公の勇姿を期待する読者の予想に反し、トマソフは、ナポレオン軍の兵士の血で自らの手を染める他の仲間たちとは違って、敵の死体を見下ろしもせず、「剣はわざと鞘に収めたままで」すっくと身を起こして鞍におさまっている（THL 4-5）。この後語り手は、トマソフのひげや若々しさに触れ、外見から彼の説明を以下のように始めるので読者はここから本格的に人物描写が始まることを期待する。

> Those same eyes were blue, something like the blue of autumn skies, dreamy and gay, too—innocent, believing eyes. A topknot of fair hair decorated his brow like a gold diadem in what one would call normal times. (THL 5)

通常、読者はこのような外からの人物描写に続いて彼の内面が描かれるものと期待するだろう。特にここでは、「突くやら叩き切るやら、思いのままに

暴れて」いる仲間の兵隊（*THL* 4）とは対照的に「剣はわざと鞘に収めたままで」鞍におさまっているトマソフの心境は説明が必要だろう。しかし、語り手が提示しているのは、有事のトマソフではなく、夢見るような碧い目をした、「平時」（"normal times"）のトマソフだ。さらに語り手は上の一節に続けて、「こうした俺の口ぶりを聞いたならば、トマソフのことをまるで小説の主人公のような言い方をすると思うかもしれない」という自己言及的なコメントによって、表層の描写を通して人間精神の内奥に迫るようないわゆる従来の「小説」的人物造形描出に距離を置き、我々がトマソフ像をナイーブに信じることを妨げる。さらに語り手は、戦場でのトマソフ像を中断し、いきなり話を戦争の3カ月前のフランスに移してトマソフの恋愛と友情について語る。

　トマソフはパリで任務についていた頃、さる上流階級の未亡人と恋に落ちた。彼女のサロンに通う彼女のもう1人の恋人ド・カステルは、その未亡人に促され、ナポレオンの命でロシア公使と配下全員が逮捕されるらしいという「うわさ」の真相を確かめ、トマソフに早々にフランスを去るよう忠告する。ロシアとフランスの関係が冷却化していることが囁かれて久しく、とうとう家庭の居間でも公の場でも戦争という言葉が声高に口にされ耳にされるようになっていた。そこへもってきて、フランスの警察はロシア公使がフランス陸軍省の役人を買収し、重要な機密書類を手に入れたことを突き止めたというのだ。この事件はナポレオンの逆鱗に触れ、犯行を自白したフランスの役人たちは夜にも銃殺されることになった。そのことは翌日になれば町中のうわさになるであろう。ド・カステルはトマソフに、逮捕されればフランスに拘留される危険性があると繰り返し警告する。「未来の敵」の寛大さに感激したトマソフは、この時、恩人のために「いつでも命を差し出す」ことを誓う（"if ever I have an opportunity, I swear it, you may command my life ...." [*THL* 15]）。

　トマソフのフランスでの体験をひとしきり語った後、語り手は、場面をトマソフが剣をさやにおさめてたたずむ先ほどのロシアの戦場に再び戻す。フランス体験以後、トマソフは反撃もせず死んでいったフランス兵への同情を仲間の前でも隠さない。そんなトマソフの繊細さを理解しない隊の仲間

第8章 「武人の魂」論 —— 互いに遠く離れた「我々」——

は、彼に「慈悲深いトマソフ」("the Humane Tomassov" [*THL* 16])というあだ名をつけてからかった。一方、語り手である老いた武人は、トマソフが祖国へのフランス軍の侵入にはもちろん憤りを感じている「偉大なる愛国者」(*THL* 16)であり、その怒りにはなんら「個人的な敵意」はなく、彼はただ周りの夥しい数の「人間の苦悩」に胸を痛め、「あらゆる形態の人間の悲惨」に対して同情しているのだと弁護している。語り手に言わせれば、「慈悲("humanity")と武人の魂の間には何ら矛盾するものはなく、一般市民、政府の役人、商人の類こそ思いやりがない」らしい。したがって、語り手は、突撃の最中に「我々のトマソフ」が剣をさやにおさめているのを見ても「それほど驚かなかった」という (*THL* 17)。つまり、時間の順序を前後させ、場所をロシアからフランスに移動して語り手が差し挟んでいたのは、トマソフが敵に同情するに至った事情であり、戦場での彼の戦意喪失ともとれる行動を擁護する根拠であると一応は考えられる。しかし、戦場でのトマソフの無為の正当化は、武人としての勇敢なトマソフ像を損ねないだろうか。実際、仲間はあだ名をつけてトマソフの「慈悲深さ」をからかっていた。トマソフの「慈悲深さ」を弁護し、仲間の「我々」の「ふざけ話」(*THL* 5) の中のトマソフ像——「慈悲深いトマソフ」——を共有しない語り手が「武人の魂」という時、それはいったい何を意味するのだろうか。

3

Schwarzは、タイトルの「武人の魂」が単純に語り手、トマソフ、ド・カステルのそれぞれ3人を指すと考えているが[7]、この物語において「魂」という言葉は、そのように輪郭のはっきりした単一の個人的主体を必ずしも指すわけではない。確かに、逃げ延びたフランス兵の「魂はうなだれたまま身体の中にかたく閉じ込められて」(*THL* 2) とか、捕虜となったド・カステルの「骨と皮ばかりになった人間の体内で苦悩する魂」(*THL* 23) といった表現を用いる語り手は、肉体と魂の二元論に寄りかかっているように思われる[8]。しかし、この物語における武人の「魂」は、しばしばそれ自身から引きずり出されて自身を超え、他者にさらされる。フランスで逮捕を免れた

時、トマソフは愛人の未亡人とド・カステルに「無限の感謝」("boundless gratitude")を捧げた。トマソフの感謝は個の境界線ばかりでなく、国境も越えて「無限」である。フランスでのこの経験は、当の愛人とド・カステル個人だけでなくフランス人「全体」("in general")に対するトマソフの態度に以後影響を与えることになった。先に触れたように、語り手によれば、トマソフは当然祖国の侵略に対して憤慨したが、その憤慨の中に「個人に対する敵意」はなかった。彼は「立派な愛国者」だったけれども、彼の胸が痛むのは同胞の死を見た時だけでなく、「周囲に展開されるおびただしい数の人間の苦悩を語るすさまじい姿」を見た時だった。トマソフは、「あらゆる形態の人類の悲惨に対して人間らしい同情を胸一杯にもっていた」(*THL* 16) のである。

テクストは、「魂」が他から屹立した存在であるということよりはむしろ、「魂」が共同体から完全に切り離せないということを何度も我々読者に思い出させようとする。トマソフを含むロシア公使一行がド・カステルのおかげで戦争前夜のフランスでの逮捕を免れた件で注目すべきは、「危機に瀕した祖国からも、家族も同様な自分の軍隊からも切り離され、おのれの義務からも、名誉からも――いや、そればかりでない、栄光からもまた――縁を切られて」(*THL* 16) 監禁されるのをド・カステルが未然に防いだことだ。さらに、トマソフは、ド・カステルを殺した後、ダンツィヒの包囲戦が終わったところで退役を願い出て「身をひそめるべく」故郷の田舎に戻ったが、「何かしら後ろ暗いことをやった男という漠たるうわさ」が、「何年もの間、彼の身にまつわりついて離れなかった」という (*THL* 26)。「我々」の物語としてのうわさは彼を執拗に追いかけ、彼を1人にしなかったのである。コンラッドのテクストは集団から切り離された孤高の主人公の精神的苦悩を何よりもまず描き出そうとしていると考えられがちだが（従来の支配的パラダイムが評価してきたのもそのような特徴である）、クルツ、ジム、ラズーモフやアクセル・ハイスト (Axel Heyst) は皆「我々」という集団から離れようとしても最終的には失敗している。『勝利』(*Victory*) (1915) でも、俗世間から超然とした態度を取り、孤島に隠遁する主人公ハイストをゴシップが

第 8 章 「武人の魂」論 ―― 互いに遠く離れた「我々」――

執拗に追いかけ、最後には死に至らしめる[9]。といっても、「武人の魂」においてコンラッドが（語り手という仮面をかぶって）、語りが「我々」という共同体の中で意味を持ちえた失われた時代へのノスタルジーを表明していると言いたいのではない。先述したように、「慈悲深いトマソフ」を弁護していた語り手は仲間の武人たちの「我々」の「ふざけ話」（*THL* 5）と一体化してはいなかった。次の一節に見るように、語り手の意識は、Michael Greaney が言うような郷愁の対象としての言語共同体（speech community）すら超え、無限に広がっている[10]。

月明かりの中トマソフが捕虜ド・カステルを伴って現れた姿を見た若き日の語り手を圧倒したのは、以下の一節にあるように、トマソフ個人でもド・カステル個人でもない「黒い死体の山」であった。風の吹きすさぶ満月の夜、焚き火の周りで皆が眠りにつく傍らで、語り手は吹雪の中死んでいったフランス兵のため息が聞こえてくるような感じにおそわれる。

> I was no longer sleepy. Indeed, I had become awake with an exaggerated mental consciousness of existence extending beyond my immediate surroundings. Those are but exceptional moments with mankind, I am glad to say. I had the intimate sensation of the earth in all its enormous expanse wrapped in snow, with nothing showing on it but trees with their straight stalk-like trunks and their funeral verdure; and in this aspect of general mourning I seemed to hear the sighs of mankind falling to die in the midst of a nature without life. They were Frenchmen. We didn't hate them; they did not hate us; we had existed far apart—and suddenly they had come rolling in with arms in their hands, without fear of God, carrying with them other nations, and all to perish together in a long, long trail of frozen corpses. I had an actual vision of that trail: a pathetic multitude of small dark mounds stretching away under the moonlight in a clear, still, and pitiless atmosphere—a sort of horrible peace. (*THL* 20)

食事を運んできた当番兵に起こされた若き日の語り手の意識は、「異常な活発さをもって働いて」「自分の身近な環境はおろか、その彼方に広がっている存在の姿」までとらえている。語り手である「私」の意識はすべてを取り込んで広がっている。通常は「生命の印」と考えられる緑の草木も「葬礼」を思わせるような、「一面雪に覆われて茫漠と広がった大地」を語り手は「身近に」感じている。語り手の目の前には、雪に覆われた大地の「何もかもが喪に服しているような光景」が広がっている。彼には、その大自然のまっただなかに倒れて死んでいく「人間」の吐く最後の息が聞こえたような気がする。拡大する意識の中で、語り手は自分たちロシア人の「我々」に対して敵である「彼ら」をいったん「フランス人」という枠で括ってみようとするが、死にゆく兵士たちの「吐息」をたよりに「我々」や「彼ら」を識別することはできない。もはや「我々」のものでも「彼ら」のものでもない兵士たちの最後の「吐息」を聞き取る語り手の意識の中ではおそらく、人間の集合体をとらえるのに、「ロシア」や「フランス」という合理的な共同体としての国家という範疇はもはや有効ではない。「我々」と「彼ら」はお互い憎みあってはいなかった。ただ「互いに遠く離れて存在」した。そこへ、突如「フランス人たち」が「他の国の人たちをも巻き込みながら」やって来て、「全員がいっしょになって打ち倒れて、延々と連なる凍えた屍の列」と化した。コンラッドの世界では往々にして雄大な自然と闘う人間は卑小な存在であったが、ここでは自然／人間という対立の図式すら融解している。敵であるフランス兵たちは「他の国の人たち」とともに「凍えた屍の列」となって「全員」が息絶え、月明かりの下で連なる「多数の小さな黒い山」と化している。語り手は、その黒い塊から 1 人の仲間をあるいは敵でさえも同定することができない。あたり一面雪に覆われた大地には「痛ましい光景」が広がるが、そこには悲しみというよりは「凄愴な平穏」が漂っている。語り手のこのような「異例の」覚醒の瞬間は単に語り手である「私」の主観的な体験ではない。それはここでは彼だけにではなく人類全体（"mankind"）に起こる出来事である。この人類全体にはもちろん読者である「我々」も含まれている。この一節に先立つ箇所で語り手は、我々読者

第8章 「武人の魂」論——互いに遠く離れた「我々」——

が語り手のこの覚醒を共有するよう仕向けるかのように、二人称"you"を繰り返し、我々に呼びかけていた（"You know what an impermanent thing such a slumber is. One moment you drop into an abyss and the next you are back in the world that you would think too deep for any noise but the trumpet of the Last Judgment. And then off you go again. Your very soul seems to slip down into a bottomless black pit." [*THL* 19]）。読み手である「我々」の「魂」もこの「喪の作業」を免れているわけではない。

4

　語り手の意識の中で、トマソフは他と切り離された個人というよりはいつも死者の群れの中からぼんやりと浮かび上がる存在である。トマソフの初登場の場面を思い出してみよう。抵抗もしない「人間の集団」（"that human mass"）に突撃し、敗走するフランス兵の中を突き進んでいく時、若き日の語り手は、「生気のない目をし、蘇った多数の死体に取り囲まれた」トマソフの姿を発見していた（*THL* 4-5）。そして、これから見るように、同じく最後の場面でも、トマソフは、語り手の意識の中でまたしても死体の山からぼんやりと浮かび上がり、今度はド・カステルと「暗い集団」を成している。この結末において語り手は、「雪の上のトマソフとド・カステルの死体に最初に近づいた人間」として、いま一度主人公トマソフの若々しい顔を描こうとするが、まるでトマソフ個人に焦点を合わせることができないかのように、「あの暗い集団」（"that appalling dark group"）としての2人の姿で物語を結んでいる。

　先に見たように、突撃の夜、「何もかもが喪に服している」気分に浸っている語り手の前に雪の中トマソフがフランス人捕虜を伴って現れた時、語り手は驚いた。というのも、通常コサック兵は落伍した敵兵を見かけた場合、殺すかあるいは放置するからだ。捕虜としてとらえられたフランス人将校は自殺するという選択肢を奪われている。トマソフの馬の前に飛び出したものの死に切れなかったド・カステルは、「同じ軍人同士」として、「慈悲深い人間」として自分をその場で射殺してくれとトマソフに頼む（*THL* 22-23）。ド・カステ

ルは、トマソフがかつて自分が危機から救った青年だと気づくと、いっそう強く「武士の魂」に訴えて「借りを返せ」とトマソフに迫る（"I call on you to pay the debt. Pay it, I say, with one liberating shot."）。自分を「屈辱から解放する一発」をためらうトマソフを、ド・カステルは、「おまえには武士の魂がないのか」と責める（*THL* 23）。この時、トマソフも、捕虜となって「存在全体が屈辱で縮み上がって」いるが（"All my [De Castel's] being recoils from my own degradation" [*THL* 23]）、もはや自分の意志で死ぬこともできない恩人の姿に気づく（"Yes, he! Brilliant, accomplished, envied by men, loved by that woman—this horror—this miserable thing that cannot die. Look at his eyes. It's terrible." [*THL* 24]）。語り手がこの哀れな捕虜を護送する仲間を呼びに行こうとした時、トマソフの銃の音が周囲の雪に吸収されて弱々しく響く。以下の一節に見るように、自分の意志で死ぬこともできないド・カステルは、トマソフと不思議な集団を成している。

> Yes. He [Tomassov] had done it. And what was it? One warrior's soul paying its debt a hundredfold to another warrior's soul by releasing it from a fate worse than death—the loss of all faith and courage. You may look on it in that way. I don't know. And perhaps poor Tomassov did not know himself. But I was the first to approach that appalling dark group on the snow: the Frenchman extended rigidly on his back, Tomassov kneeling on one knee rather nearer to the feet than to the Frenchman's head. He had taken his cap off and his hair shone like gold in the light drift of flakes that had begun to fall. He was stooping over the dead in a tenderly contemplative attitude. And his young, ingenuous face, with lowered eyelids, expressed no grief, no sternness, no horror—but was set in the repose of a profound, as if endless and endlessly silent, meditation. (*THL* 26)

この一節において雪の舞うなかで金色に輝くトマソフの髪は、間違いなく初登場の際に輝いていた彼の金髪（"a topknot of fair hair decorated his brow

第8章 「武人の魂」論 —— 互いに遠く離れた「我々」——

like a gold diadem" [*THL* 5])を思い出させる。「相手をやさしくいたわる物思いにふけっているよう」に死体の上にかがみこんでいるトマソフの「休息」("repose")の姿勢もまた、彼が戦場に初めて登場した時に「剣を鞘に収めたまま」(*THL* 5)何もせず鞍の上で休んでいた姿そのものではないか。トマソフは依然として無為のままであり、変化しない。こうして語り手は謎めいたトマソフの人物像を開いたまま物語を終えようとする。ここで言われているように、本当に「一つの武人の魂」は「もう一つの武人の魂」を救い、一方から他方に「借り」は返されたのだろうか。捕虜となったド・カステルが「借りを返せ」とトマソフに迫った時、彼を「屈辱から解放する一発」をためらうトマソフを、ド・カステルは「おまえには武士の魂がないのか」と責めていたが、トマソフはただ「わからない」と答えていた(*THL* 23)。自称トマソフの「特別な相談相手」(*THL* 7)であるはずの語り手にもそれは「わからない」。

「武人の魂」における死は1人では完結せず、他者の存在を要請する出来事である。トマソフによる恩人射殺という衝撃的な出来事は、死そのものが1人では起こらない共同の出来事だということを物語っている[11]。自分を殺してくれとトマソフに懇願するド・カステルの姿は、死が個人的主体のものではなく、他者の存在を要求し他者の存在に依存する出来事であるということを示している。ド・カステルは死の瞬間に「私」の行為として死を実現することができないのである[12]。ド・カステルにとって、死は彼が主体(私)として能動的になしうる行為ではないし、主体(私)が自分のものにできる何かでもない。ド・カステルの死は他者トマソフがいなければ、他者トマソフと共同でしか起こらない。生前の洗練されたフランス人将校ド・カステル("the exquisitely accomplished man of the world" [*THL* 13])と、「原始的」で「洗練されていない」「野蛮人」トマソフ("the unsophisticated young barbarian" [*THL* 9]); "the primitive young Russian youth" [*THL* 13])とはかけ離れた存在であった。語り手は、「全世界に対して威信を持ち」「驚異の焦点」(*THL* 6)である当時のフランスの文化的洗練と優位を強調し、「野蛮」なロシア("*Des Russes sauvages*" [*THL* 5])を他者化していた。戦争に突入して敵となった

2人の関係は逆転し、2人は「追う者」と「追われる者」に別たれた（*THL* 24）。そして、トマソフがド・カステルを射殺してしまった今、生き残ったロシアの武人トマソフとフランス人将校ド・カステルの死体の間にはこれまで以上に何も共有するものはないように思われる。死した友ド・カステルはトマソフにとってこれで完全に他者となってしまったように思われる。しかし、ここには単純な別れはない。死は、他者トマソフをド・カステルから別つというよりはむしろ、彼をド・カステルに「永遠に」結び付けている、と語り手は言う。先に引いた一節における雪に覆われた大地の「何もかもが喪に服しているような光景」にも悲しみというよりは「凄愴な平穏」("a sort of horrible peace" [*THL* 20]) が漂っていたが、ここでも「安らぎ」の雰囲気が漂っている。トマソフは、「やさしく瞑想するような姿勢で」ド・カステルの死体の上にうなだれている。彼の表情は、「普通死に際して人が見せるような悲しみも厳しさも恐怖も表していなかった」が、「まるで永遠の、永遠に静かな、深い瞑想に耽っているような安らぎ」がそこには漂っている——そう言って語り手は物語を閉じる。その穏やかな表情にうかがえるように、トマソフは、これまでのコンラッドの主人公のように、これからの人生において罪を償っていかねばならないという意味で、彼が殺した人間から解放されないのではない。「何かしら後ろ暗いことをやった男という漠たるうわさ」がトマソフを故郷の隠遁先まで追いかけたが、そのような「我々の物語」としての「うわさ」を「偽善的な」「世の正義」や「人間の下す審判」（*THL* 26）と見なし、それに距離を置いている語り手は、トマソフの個人としての罪や責任を問題にしているのではない。トマソフはただ死者とともに「雪の上」にいるだけだ。それは真っ白な何もない空間で、永遠の宙吊り状態である。そうしてトマソフは「永遠に」ド・カステルの死を悼み、終わらない「永遠の」「喪の作業」に入る。死によってトマソフは友を失ったのではない。逆に彼はもう二度と「永遠に」ド・カステルを失うことはないのだ。トマソフはド・カステルを自らの記憶の中にとどめようとするが、彼が何らかの完結したイメージとしてトマソフの記憶に取り込まれることは「永遠に」ない。ド・カステルはトマソフの「永遠の、永遠に静かな、深い瞑想」の中で他者のまま生き続ける。Derrida

によれば、「友愛」にははじめから一方が他方の死を乗り越え、喪に服すという可能性が構造化されているという[13]。友の死によって、最も離れていると思われた2人の関係から「友愛」の可能性が開けることを考えると、語り手が最後の場面におけるトマソフとド・カステルを「あの暗い集団」と呼んでいることは興味深い。友ド・カステルの喪に服すトマソフの姿はまさに何か得体のしれない「友愛」の可能性を示唆している。「あの暗い集団」という表現は、もともと雑誌に掲載された当初は、"that appalling dark group *of two*"（イタリック強調は筆者）であった[14]。しかし、最終的に作者は、トマソフとド・カステルの姿を個と個から成る「2人」としてよりも、一つの集団、"that appalling dark group"として提示し、「ともにあること」（togetherness）を強調しているように思われる。トマソフとド・カステルは、共同の一存在ではなく、互いに遠く離れているが、一つの「共同での存在」であり、ただ「あの暗い集団」という「複数にして単数の存在」としてただそこに共にある[15]。それは、ただ他者とともに誰があ、一緒にいるということ、共同の存在としてである。語り手の志向するのは、このように個人がその一部として帰属したりそこから排除されたりするような伝統的な意味での共同体ではない。「お互い離れて存在した」彼らは今あまりにも近しい。といっても、2人の最後の姿は、分身同士の完全なる合体や合一を意味するのではない。それはただ、"that appalling dark group"としか呼べないような何か得体の知れない集団なのである。

5

　血縁・地縁や同族性・親族性を越えたところにあるこのような集団をAlphonso Lingisは「死の共同体」と呼んだ。Lingisは、誰もが共有できる意味や目的を持った合理的なコミュニケーションを攪乱し、それを超えようとする共同性を「もう一つの共同体」として次のように描いている。

　〈死の共同体〉を見つけるためには、私たちは、親族性から最も遠い地点にある状況に自分自身を見いだすか、想像力を使ってそうした状況に

身を置いてみようとしなければならない。たとえば、自分の国が戦争をしている相手の国の中に、あるいは、自分が信じることができない、もしくは自分を排除するような宗教に帰依する人々の中に身を置いてみる。自分に何の借りもなく、自分の言語を一言も理解せず、年齢も自分とはかけ離れている人々と共にいるという状況に自分を見いだす。しかも、そうした人びとに完全に依存しなければ自分が生きていけない状況に身を置いてみなければならない ¹⁶⁾。

「親族性から最も遠い地点にある状況に身を置く」と聞いて思い出すのは、物語の冒頭における語り手の怒りである。「武人の魂」という物語が、老いた武人の語り手の外の非個人的な語りによって唐突に始まることについてははじめに触れた。こうして伝統的な全知全能の語り手のごとき語り手は、老いた武人という個人的な語り手と若い世代の聞き手で構成される語りの場を我々読者に見せている。いわゆるこの枠語りは、コンラッドがこれまで頻繁に用いてきた手法であり、「武人の魂」の場合非個人的な語り手による部分が冒頭のほんの数行しかないためとりたてて注目されることはない。しかし、物語の一番外側に位置するこの語り手は、「場面設定」を行うだけの「名ばかりの語り手」ではない ¹⁷⁾。この非個人的な語りは、語りの現在において老いた武人という個人的語り手が若いロシア人の聞き手たちと構成する集団と、過去に武人が帰属していた（彼の語りの中の）集団を対比している。語り手が回想する仲間（敗残兵）との絆は、現在の語りの場における彼の孤立——老いた語り手と若い聞き手の間の共感のなさと対照的である。若き日の語り手の仲間である「我々」ロシア軍は、敵である「彼ら」フランス軍を倒すという目的を掲げて「体力が尽きる限界まで」共に戦った。語り手は、「我々仲間」の苦労に思いを馳せ、力を込めて若い「聞き手」たちに訴えている（"Why! Our own men suffered nearly to the limit of their strength. Their Russian strength!" [*THL* 1]）。このように、老いた武人が振り返る「我々」の世代には共にいる目的や理由があった。一方、同じロシア人でありながら、語り手である老いた武人と若い聞き手の間には、ナポレオン軍によるモスクワ侵攻時に限界まで

第8章 「武人の魂」論 ── 互いに遠く離れた「我々」──

苦しんだロシア兵たちの間にあるような絆も結束もなければ、共感も共通点も存在しない。もはや同じロシア人であるという点は語り手と若い世代を結びつける強い絆とは言えない。しかしそれでも、語り始めた途端怒っていた語り手は話を止めようとはせず、この不協和に耐えて語り続けた。冒頭であれほど若者の理解のなさを怒っていた語り手は、自分の話に対して積極的に関心や反応を示すわけでもない聞き手に対してなぜ敢えて「辛抱強く」（*THL* 1）語り続けようとするのだろうか。お互いにわかりあえそうもないというのに、語り手と聞き手はなぜ一緒にいるのだろうか。もちろん、SchwarzやGraverの言うように、老いた武人が、英雄的な武人を模範として未熟な若者に示そうとして語っていると考えれば筋は通るのかもしれない[18]。しかし、先人の苦労を理解しない若者を前にした老いた武人の語りを支えるのは、そのような教育的意図や失われた共同体「我々」へのノスタルジーではないだろう。というのも、すでに見た通り、そもそもトマソフは通常の意味における勇敢な武人ではないし、老いた語り手と若い聞き手の間に横たわる共感の欠如が、老いた武人の語りによって最終的に解消されたかどうかは定かではないからだ。トマソフの物語の結末で、「一つの武人の魂」は「もう一つの武人の魂」を救い、一方から他方に借りは返されたかどうかは、「私にはわからない。おそらくトマソフ自身もわからなかっただろう」と述べる語り手は、聞き手に何らかの教訓を押し付けているわけではない（*THL* 26）。こうした点をGraverのような古典的批評家はこの物語の曖昧さとして非難しているが[19]、語り手は、通常のコミュニケーションで期待される合意や理解に達するためだけに語っているわけではない。語り手は、共有するものもないままともかくも最後まで聞き手と向き合っているし、一方、聞き手も理解できないからといって途中で退席するわけではない。これこそまさに、「自分の言語を一言も理解せず、年齢も自分とはかけ離れている人々と共にいるという状況に自分を見いだす」行為そのものだ。いかに相手に理解がないとは言え、「聞き手」の存在なしには彼の語りは独白になってしまう。個の実体を追いかけ、言語の牢獄に閉じ込められたかのように、独白と紙一重のところで語り続けたマーロウやラズーモフのような語りはこの老いた武人の目指すところではない。不和を抱えながらも語

143

り手と聞き手はともかく語りの現在に「ともに」いる。唐突な怒りの爆発を通して老いた武人は自分を理解しない他者に自分を開き、さらした。彼の怒りは、「君たち（聞き手）の魂」（"your [the hearers'] very soul" [*THL* 19]）に到達しようとする語り手の側からの働きかけだったに違いない。個よりも共同性（"being-together"）を描きだそうとするこの物語は、その出発点において、このような言わば「激しい関係性」（"violent relatedness"）を必要としたのではないだろうか。これこそJean-Luc Nancyが"com-passion"と呼ぶものである。Nancyの言う"com-passion"は、所与の利他主義でも共感でもなく、このように混乱のうちにお互いを「感染」し「接触」させる。反撃もせず死んでいった敵兵にトマソフが示した「同情」を仲間は冷やかした。しかし、「慈悲（"humanity"）」と「武人の魂」は矛盾しないと言って語り手が正当化していた、「あらゆる形態の人間の悲惨」に対するトマソフの「同情」（"compassion for all forms of mankind's misery" [*THL* 16]）は、おそらくこのような来るべき「共感」を先取りしているのではないだろうか[20]。

6

　このような「共同体」の考察は、「武人の魂」という短編のロシア人に対する一見「意外な」共感的態度を考える上でも手がかりとなる。「武人の魂」はロシア人が共感的に描かれているコンラッド唯一の物語である。コンラッドがロシア人を物語に登場させること自体は珍しいことではない。ただし、『密偵』や『西欧の目の下に』に登場するロシア人たちはもっぱら作者の嘲笑や嫌悪の対象であり、彼らに比べると作者の哀れみが多少なりとも向けられていると思われるロシアの青年ラズーモフとて完全な共感の対象とは言い切れない。コンラッド作品中唯一祖国ポーランドを舞台にした短編で、「武人の魂」と同じく『風聞集』に収められている「ローマン公」では、妻を亡くして愛国心に目覚めたローマン公が戦うのはロシアであり、故郷の見慣れた景色の中に侵入するコサック兵の隊列は「巨大な蛇」（*THL* 38）と形容されている。そう考えると、ロシア人、とりわけ祖国を暴力で踏みにじった「武人」の声で語られているだけでなく、武人たちが好意的に描かれている

第8章 「武人の魂」論 ── 互いに遠く離れた「我々」──

　この短編は、伝記作者Z.Najderが言うように、確かにコンラッドにしては「かなり意外な作品」である[21]。しかし、ここで大事なのは、意外な設定の意外性を確認することではない。問題は、それでも作者が自分にとって最も共感しにくいはずのロシアの武人への仲間意識をロシアの武人に語らせているということである。

　コンラッドの父アポロはロシア帝国の支配に対して戦い続けた革命運動家だったが、逮捕され、妻と幼かったコンラッドを同伴し流刑地を転々とした。寒さと劣悪な暮らしの中で母（Evelina）は肺結核で亡くなり、数年後同じく肺結核が悪化した父もコンラッドを1人残して他界した。このような幼少時の「ロシア体験」を持つコンラッドにとって、たとえ語り手という代理人を通しても、ロシアは自然な郷愁や共感の対象にはなりえなかったに違いない。親友カニンガム・グレアム（Cunnighame Graham）が言うように、「被抑圧者の身になるということは簡単にできるが、抑圧者の立場に立つには才能がいる」のであり、特にそれは「ポーランド人に簡単にできることではない」だろう。したがってグレアムは、ロシア人に共感を示している「武人の魂」においてコンラッドは国籍を超越し、ロシアに対する憎しみを忘れていると考えるのであるが[22]、コンラッドの政治的エッセイには作品よりはもっと直截にロシアへの憎しみが吐露されており、「慈悲深い」トマソフと違って実際のコンラッドがロシアへの「個人的な敵意」（*THL* 16）を克服することはおそらく生涯なかったであろうことは十分推察できる。ロシアは彼にとって心情的に「親族性から最も遠い地点に」ある国であり続けたにちがいない。しかし、語り手である老いた武人が共感を示さない若い聞き手に怒りを通して自己を曝したように、またトマソフが心ない仲間のひやかしに自らを曝したように、作者コンラッドも（本人が意図したかどうかは別として）おそらく生涯で初めて、しかもたった一度だけこの短編においてロシア人を「我々」と呼ぶことで、Lingisの言う「自分の国が戦争をしている相手の国の中に、あるいは、自分が信じることができない、もしくは自分を排除するような宗教に帰依する人々の中に身を置いて」みたのではないだろうか。祖国へのフランス軍の侵入には憤りを感じるが、「個人的な敵意」は

145

なく、「あらゆる形態の人間の悲惨」に共感を示していたトマソフの「情け深さ」("humanity")が仲間にからかわれていたように、そのような人道主義(humanism)は、ひとつ間違えれば空々しく響いてしまうような微妙な立場である。事実Najderは、「武人の魂」のロシアに共感的な姿勢を、「作家としての偏見のなさを示そうとする」コンラッドの単なるポーズだと見なしている[23]。しかし、徹底した懐疑主義者だったコンラッドがそのような批判を予想できなかったとは思えない。現に、コンラッドは語り手である老いた武人に、「同情などは、形骸だけの空しい言葉にすぎない」("This avenging winter of fate held both the fugitives and the pursuers in its iron grip. Compassion was but a vain word before that unrelenting destiny." [*THL* 24])と言わせている。こうしてテクストは、老いた武人という語り手を通して、ロシアの武人の「我々」の物語――「うわさ」――の中の「情け深い」("humane")トマソフの姿に慎重に距離を置きながら、単なるポーズではない"humanity"の可能性を模索していた。「ロシア」でも「フランス」でもない「あの恐ろしい暗い集団」は、失われた連帯へのノスタルジックな回帰としてではなく、むしろ、個人的主体が結びついた既存の古典的な共同体を超えた「我々」の可能性を秘めた、Nancyの言う来るべき"com-passion"を先取りしている。その意味で、老いた武人の呼びかけ、"You of the present generation [*THL* 6]"は、いまだ解決されざる紛争や戦争をかかえる現代の我々にも大いにうったえる力を持つのであり、我々は必ずしも「武人の魂」を、コンラッドの大伯父ニコラス(Nicholas Bobrowski)の時代をノスタルジックに回顧する物語や、この短編が書かれていた第一次大戦中の悲惨さを反映した物語だけに還元してしまうこともないだろう[24]。

注

1) Graver 196.
2) Daniel Schwarz, *Conrad: The Later Fiction* (London: Macmillan, 1982) 100.
3) Graver 195.
4) Graver 1969: 195; Schwartz, *Conrad*, 99-100.
5) 例えばJean-Luc Nancyが一連の「共同体」論で述べている「我々」が、伝統的な個の主体の集合体として、同じ目的や絆で結ばれた共同体ではないことは第3章の『闇の奥』論でも触れた。第3章の注25に挙げたNancyの *Being Singular Plural*、あるいは、*The Inoperative Community*. ed. by Peter Connor, trans. by Peter Connor, Lisa Garbus, Michael Holland, and Simona Sawhney (1991: Minneapolis and London: University of Minnesota Press, 2006)を参照。
6) 日本語訳は、ジョセフ・コンラッド,「武人の魂」(『コンラッド中短篇小説集3』) 野崎孝訳 (人文書院、1971) を参考にさせていただいたが、必要に応じ文脈に合わせて私訳を試みた。
7) Schwartz, *Conrad*, 99.
8) その他の例としては、"The prisoner [De Castel] sat between us like an awful gashed mummy as to the face [...] in a body of horrible affliction, a skeleton at the feast of glory" (*THL* 23).
9) Greaneyは『勝利』を「ゴシップによる殺人」として分析している。Greaney, 27-43.
10) Greaney 3.
11) 共同体と死については、ジャン=リュック・ナンシー、西谷修・安原伸一朗訳、『無為の共同体』(以文社、2001)、特に26-9を参照。
12) Paul WakeもDerridaとMaurice Blanchotを援用しながら、『ロード・ジム』における自殺を「私の死」の不可能性という観点で論じている。Paul Wake, *Conrad's Marlow: Narrative and death in 'Youth', Heart of Darkness, Lord Jim and Chance* (Manchester and New York, Manchester University Press, 2007) 66-100を参照。
13) Jasques Derrida, *The Work of Mourning* (Chicago and London: The University of Chicago Press, 2001) trans. by Pascale-Anne Brault and Michael Naas, 27, 44; Jasques Derrida, *Memories for Paul de Man* (1986: New York: Columbia University Press, 1989) 35.
14) Joseph Conrad, *The Lagoon and Other Stories* (Oxford: Oxford University Press, 1997) 251. この版は、大衆市場向けに書かれたコンラッドの短編を雑誌に掲載された当初の形態のまま再版したものである。
15) 「共に」としての存在に基づく存在論の「作り直し」を展開するNancyによれば、存在とは「複数-で-共に-あること」であるが、それは複数の存在者を単一の存在

に帰着させることではなく、また、それは単数存在の単なる集合としての複数でもない。ジャン＝リュック・ナンシー，『複数にして単数の存在』を参照。

16）アルフォンソ・リンギス，野谷啓二訳，『何も共有していない者たちの共同体』（洛北出版、2006）198.

17）Schwarz 99. Graverも、非個人的な語りによる「冒頭の3つのセンテンス」を除いて「武人の魂」がロシア人の声で語られていることを指摘するにとどめている。Graver 195.

18）Graver 195; Schwarz 99.

19）Graver 198.

20）Nancy, *Being Singular Plural*, xiii.

21）Najder 476.

22）Cunnigham Graham, Preface, *Tales of Hearsay*, by Joseph Conrad, xiv.

23）Najder 476.

24）大伯父ニコラスの時代をノスタルジックに回顧する物語としての解釈については、W.F.Wright, *Romance and Tragedy in Joseph Conrad* (New York: Russell & Russell, 1966) 168 を参照。「武人の魂」が同じ『風聞集』におさめられた "The Tale" とともに、第一次世界大戦の悲惨さを反映した物語と読まれてきたことについては、Graver 193; Jocelyn Baines, *Joseph Conrad: A Critical Biography*. London: Weidenfeld, 1960) 406 を参照。

引用参考文献

鵜飼哲『主権のかなたで』岩波書店、2008 年。

梅木達郎『公共性と脱構築』松籟社、2002 年。

———.「テクストを支配しないために―ジャック・デリダに―」『現代思想』青土社、2004 年。

岡真理『記憶／物語』岩波書店、2000 年。

尾形勇・岸本美緒編『中国史』山川出版社、2002 年。

コンラッド，ジョセフ『闇の奥』(『コンラッド中短篇小説集 1』) 中野好夫訳、人文書院、1983 年。

———.『颱風』(『コンラッド中短篇小説集 2』) 沼澤洽治訳、人文書院、1983 年。

———.「秘密の共有者」『コンラッド中短篇小説集 3』、小池滋訳、人文書院、1983 年。

———.『陰影線』(『新集世界の文学 24』) 大沢衛、田辺宗一、朱牟田夏雄訳、中央公論社、1971 年。

———.「武人の魂」(『コンラッド中短篇小説集 3』) 野崎孝訳、人文書院、1971 年。

シェレール、ルネ『歓待のユートピア―歓待神（ゼウス）礼賛』志水速雄訳、現代企画室、1996 年。

———.『ノマドのユートピア―2002 年を待ちながら』杉村昌昭訳、松籟社、1998 年。

高山宏『目の中の劇場』青土社、1995 年。

デリダ、ジャック『歓待について―パリのゼミナールの記録』広瀬浩司訳、産業図書、1999 年。

———.『エマニュエル・レヴィナスへ　アデュー』藤本一勇訳、岩波書店、2004 年。

———.『死を与える』廣瀬浩司・林好雄訳、筑摩書房、2004 年。

トドロフ，ツヴェタン『幻想文学―構造と機能』渡辺明正・三好郁朗訳、朝日出版、1975 年。

富山太佳夫『方法としての断片』南雲堂、1985 年。

———.『シャーロック・ホームズの世紀末』青土社、1993 年。

ナンシー、ジャン＝リュック『無為の共同体』西谷修・安原伸一朗訳、以文社、2001 年。

———.『複数にして単数の存在』加藤恵介訳、松籟社、2005 年。

バディウ、アラン，ナンシー、ジャン＝リュック編『主体の後に誰が来るのか』港道隆・鵜飼哲ほか訳、現代企画室、1996 年。

東田雅博『大英帝国のアジア・イメージ』ミネルヴァ書房、1996 年。

ホブズボーム、E.J.『帝国の時代 1875-1914』野口建彦・野口照子共訳、みすず書房、1993 年。

八木茂樹『「歓待」の精神史』講談社、2007 年。

山口昌男『文化と両義性』岩波書店、2000 年。

リンギス、アルフォンソ『何も共有していない者たちの共同体』野谷啓二訳、洛北出版、2006 年。

湯浅博雄『応答する呼びかけ』未来社、2009 年。

吉田徹夫『ジョウゼフ・コンラッドの世界――翼の折れた鳥』開文社、2004 年。

鷲田清一『「聴く」ことの力―臨床哲学試論』TBS ブリタニカ、1999 年。

―――. 『「待つ」ということ』角川書店、2006 年。

渡辺ちあき『コンラッド――人と文学』世界の作家シリーズ、勉誠出版、2005 年。

Anderson, Linda. *Autobiography*. London and New York: Routledge, 2001.

Baines, Jocelyn. *Joseph Conrad: A Critical Biography*. London: Weidenfeld, 1960.

Batchelor, John. *The Life of Joseph Conrad*. 1994; Oxford: Blackwell, 1996.

Berthoud, Jacques. Introduction. *The Shadow-Line*. By Conrad. Harmondsworth: Penguin, 1986. 7-24.

Billy, Ted. *A Wilderness of Words: Closure and Disclosure in Conrad's Short Fiction*. Texas: Texas University Press, 1997.

Blanchot, Maurice, *The Unavowable Community*, trans. by Pierre Joris. 1983. New York: Station Hill, 1988.

Blantlinger, Patrick. *Rule of Darkness: British Literature and Imperialism, 1830-1914*. Ithaca and London: Cornell University Press, 1988.

Bock, Martin. *Joseph Conrad and Psychological Medicine*. Lubbock: Texas Tech University Press, 2002.

Bonney, William W. *Thorns & Arabesques: Contexts for Conrad's Fiction*. Baltimore & London: The Johns Hopkins University Press, 1980.

Cadava, Eduardo, Connor, Peter, and Nancy, Jean-Luc, ed., *Who Comes After the Subject?* New York and London: Routledge, 1991.

Castricano, Jodey. *Cryptomimesis: The Gothic and Jacques Derrida's Ghost Writing*. Montreal & Kingston, London, Ithaca: McGill-Queen's University Press, 2001.

Conrad, Joseph. *Outcast of the Islands*. London: Dent, 1946.

―――. *The Nigger of the 'Narcissus' and Other Stories*. London: Penguin, 2007.

―――. Preface, *The Nigger of the 'Narcissus' and Other Stories*. Oxford: Oxford University Press, 1984.

―――. *The Nigger of the "Narcissus"* ed. Robert Kimbrough. New York: W.W. Norton, 1979.

―――. *Youth/Heart of Darkness/The End of the Tether*. Harmondsworth: Penguin, 1995.

―――. *Heart of Darkness with The Congo Diary*. London: Penguin, 2000.

_____. *Typhoon and Other Tales*. Oxford: Oxford University Press, 1986.

_____. Author's Note. *Typhoon and Other Stories* (Harmondsworth: Penguin, 1990) 49-52.

_____. *Lord Jim: A Tale*. Harmondsworth: Penguin,1986.

_____. *Under Western Eyes*. London: Dent, 1947.

_____. "The Secret Sharer," *'Twixt Land and Sea*. London: Dent, 1966.

_____. *The Mirror of the Sea and A Personal Record*. London: Dent, 1946.

_____. *The Shadow-Line: A Confession*. Oxford: Oxford University Press, 1985.

_____. Author's Note. 1920. Conrad, *The Shadow-Line*. xxxvii-xl.

_____. *Chance*. Oxford: Oxford University Press, 1985.

_____. *Victory*. Oxford: Oxford University Press, 1985.

_____. *The Lagoon and Other Stories*. Oxford: Oxford University Press, 1997.

_____. *Tales of Hearsay and Last Essays*. London: Dent, 1963.

_____. *The Sisters: An Unfinished Story*. Milan: U. Mursia & Co., 1968.

_____. "To Spiridion Kliszczewski," 19th December, 1885. *The Collected Letters of Joseph Conrad*, vol 1. Karl, Frederick and Laurence Davies, ed. Vol. 1. Cambridge: Cambridge University Press, 1987. 16.

_____. "To Edward Garnett." 21 or 28 Feb. 1899. "To David Meldrum." 3 Jan 1900. *The Collected Letters of Joseph Conrad*. Eds. Frederick R. Karl and Laurence Davies. Vol. 2. Cambridge: Cambridge UP, 1986-. 169, 237.

_____. "To J.B.Pinker," 15th December, 1909. *The Collected Letters of Joseph Conrad*, Vol 4. Cambridge: Cambridge University Press, 1990. 297-298.

Cox, C.B. *Joseph Conrad: The Modern Imagination*. London: J.M.Dent & Sons, 1974.

Curley, Daniel. "Legate of the Ideal." Ed. Bruce Harkness. *Conrad's Secret Sharer and the Critics*. California: Wadsworth, 1962. 75-82.

Daleski, H.M. *Joseph Conrad: The Way of Dispossession*. London: Faber and Faber, 1977.

D'Elia, Gaetano. "Let Us Make Tales, Not Love: Conrad's 'The Tale'", *The Conradian*, 12. vol 1. (1987). 50-8.

Derrida, Jacques. *Specters of Marx*. trans. By Peggy Kamuf. New York and London: Routledge, 1994.

_____. *Of Hospitality*, trans. Rachel Bowlby. 1997; California: Stanford University Press, 2000.

_____. "Force of the Law: The 'Mystical Foundation of Authority,'" *Deconstruction and the Possibility of Justice*, ed. Drucilla Cornell, Michel Rosenfeld and David Gray Carlson. New York and London: Routledge, 1992.

_____. *Given Times: I. Counterfeit Money*. trans. by Peggy Kamuf. Chicago and London: The

University of Chicago Press, 1992.

_____. *Adieu to Emmanuel Levinas*. California: Stanford University Press, 1999.

_____. "Le facteur de la vérité," *The Post Card: From Socrates to Freud and Beyond*, trans. Alan Bass. Chicago: University of Chicago Press, 1987.

_____. *The Work of Mourning*. trans. Pascale-Anne Brault and Michael Naas. Chicago and London: The University of Chicago Press, 2001.

_____. *Memories for Paul de Man*. 1986: New York: Columbia University Press, 1989.

Erdinast-Vulcan, Daphna. *Joseph Conrad and the Modern Temper*. Oxford: Oxford University Press, 1991.

_____. *The Strange Short Fiction of Joseph Conrad: Writing, Culture, and Subjectivity*. Oxford: Oxford University Press, 1999.

Fogel, Aaron. *Coersion to Speak: Conrad's Poetics of Dialogue*. Cambridge, Massachusetts: Harvard University Press, 1985.

Foulke, Robert. "From the Center to the Dangerous Hemisphere: *Heart of Darkness* and *Typhoon*." *Conrad's Literary Career*. eds. Keith Carabine, Owen Knowles and Wieslaw Krajka. Boulder: East European Monographs, 1992. 127-51.

_____. *The Sea Voyage Narrative*. New York and London: Routledge, 2002.

Fraser, Graham. ""No More Than Ghosts Make": the Hauntology and Gothic Minimalism of Beckett's Late Work," *Modern Fiction Studies*, 46. 3 (2000): 722-785.

Graham, Cunninghame. Preface. Joseph Conrad, *Tales of Hearsay and Last Essays*. London: Dent, 1963.

Graver, Lawrence. *Conrad's Short Fiction*. Berkeley and Los Angeles: University of California Press, 1969.

Greaney, Michael. *Conrad, Language, and Narrative*. New York: Palgrave, 2002.

Green, Martin. *Dreams of Adventure, Deeds of Empire*. New York: Basic Book, Inc., Publishers, 1979.

Guerard, Albert. *Conrad the Novelist*. Cambridge, Mass.: Harvard University Press, 1958.

Gurko, Leo. *Joseph Conrad: Giant in Exile*. London: Frederick Muller Limited, 1965.

Hampson, Robert. *Joseph Conrad: Betrayal and Identity*. London: Macmillan, 1992.

_____. *Cross-Cultural Encounters in Joseph Conrad's Malay Fiction*. London: Palgrave, 2000.

Hawthorn, Jeremy. *Joseph Conrad: Narrative Technique and Ideological Commitment*. London: Edward Arnold, 1990

_____. Introduction. Conrad, *The Shadow-Line*. vii-xxv.

_____. *Sexuality and the Erotic in the Fiction of Joseph Conrad*. New York, London: Continuum, 2007.

Henricksen, Bruce. *Nomadic Voices: Conrad and the Subject of Narrative*. Urbana and Chicago; University of Illinois Press, 1992.

Hewitt, Douglas. *Conrad: A Reassessment*. Cambridge: Bowes & Bowes, 1952.

Hogle, Jerrold E. Ed. *The Cambridge Companion to Gothic Fiction*. Cambridge: Cambridge University Press, 2002.

Houghton, W. E. *The Victorian Frame of Mind 1830-1870*. New Haven: Yale University Press, 1957.

Ihde, Don. *Listening and Voice: Phenomenologies of Sound*. Albany: State University of New York Press, 2007.

Ingram, Allan. Ed. *Joseph Conrad: Selected Literary Criticism and The Shadow-Line*. London: Methuen, 1986.

Jaudel, Philippe. "The Calm as Initiation: A Plural Reading of *The Shadow-Line*," *L'Epoque Conradienne*, 1988, 129-35.

Kingsbury, Celia M. "Infinities of Absolution": Reason, Rumor, and Duty in Joseph Conrad's "The Tale," *Modern Fiction Studies*, Vol 44, number 3, (Fall 1998): 715-29.

Kirschner, Paul. Introduction. *Typhoon and Other Stories*. By Joseph Conrad. Harmondsworth: Penguin, 1990. 3-31.

Kolupke, Joseph. "Elephants, Empires and Blind Men: A Reading of the Figurative Language in Conrad's *Typhoon*." *Joseph Conrad: Critical Assessments*. Ed. Keith Carabine. Vol.3. Robertsbridge: Helm Information, 1992. 501-12. 4 vols.

Kozak, Wojciech. "Sharing Gender (?) in 'The Secret Sharer,'" *Beyond the Roots: The Evolution of Conrad's Ideology and Art*, ed. with an Introduction Wiesław Krajka. Boulder: East European Monographs; Lublin: Maria Curie-Skłodowska UP; New York: Colombia UP, 2005. 319-336.

Kronegger, Maria Elizabeth. *Literary Impressionism*. New Haven, Conn: College & University Press, 1973.

Leavis, F.R. *The Great Tradition*. 1948; Harmondsworth: Penguin, 1986.

———. "The Shadow-Line," *Anna Karenina and other Essays*. London: Chatto & Windus, 1967.

Leiter, Louis H. "Echo Structures: Conrad's 'The Secret Sharer,'" Joseph Conrad, *Conrad's Secret Sharer and the Critics*. 133-150.

Levenson, Michael. *A Genealogy of Modernism: A Study of English Literary Doctrine 1908-1922* Cambridge: Cambridge University Press, 1984.

———. "Secret History in 'The Secret Sharer,' Daniel R. Schwarz ed., *'The Secret Sharer': Case Studies in Contemporary Criticism*. New York: Bedford Books, 1997.

Levinas, Emmanuel. *Totality and Infinity: An Essay on Exteriority*. trans. Alphonso Lingis. Pennsylvania: Duquesne University Press, 1969.

Lingis, Alphonso. *The Community of Those Who Have Nothing in Common*. Bloomington and Indianapolis: Indiana Unversity Press, 1994.

Lothe, Jacob. *Conrad's Narrative Method*. Oxford: Oxford University Press, 1989.

Macovski, Michael S. *Dialogue and Literature: Apostrophe, Auditors, and the Collapse of Romantic Discourse*. New York and Oxford: Oxford University Press, 1994.

Margolin, Uri. "Collective Perspective, Individual Perspective, and the Speaker in Between: On 'We' Literary Narratives," *New Perspectives on Narrative Perspective*, eds., Willie Van Peer and Seymour Chatman, Albany: State University of New York, 2001. 241-53.

Michie, A. "The Yellow Peril." *Blackwood's Edinburgh Magazine*. 164(1898) 877-90.

Miller, J. Hillis. "Sharing Secrets," *"The Secret Sharer": Case Studies in Contemporary Criticism*, Conrad, ed. Daniel R. Schwarz. Boston: Bedford, 1993. 232-252.

Morgan, Gerald. "The Book of the Ship *Narcissus*," in Joseph Conrad, *The Nigger of the "Narcissus."* ed. Robert Kimbrough. New York: W.W. Norton, 1979.

Moser, Thomas. *Achievement and Decline*. Cambridge, Mass.: Harvard University Press, 1957.

Moyne, Ernest J. 'Wamibo in Conrad's *The Nigger of the "Narcissus."'* *Conradiana* 10(1), 1978. 55-61.

Najder, Zdzisław. *Joseph Conrad: A Life*. Rochester, New York: Camden House, 2007.

Nancy, Jean-Luc, *Being Singular Plural*. trans. by Robert D. Richardson and Anne E. O'Byrne, California: Sanford University Press, 2000.

_____. *The Inoperative Community*. ed. by Peter Connor, trans. by Peter Connor, Lisa Garbus, Michael Holland, and Simona Sawhney, 1991. Minneapolis and London: University of Minnesota Press, 2006.

_____. *Listening*. trans. by Charlotte Mandell, New York: Fordham University Press, 2007.

Norris, Margot. "Introduction: Modernisms and Modern Wars" *Modern Fiction Studies*, Vol 44, number 3, (Fall 1998): 505-9

North, Michael. *The Dialect of Modernism:Race, Lnaguage, and Twentieth-Century Literature*. New York and Oxford: Oxford University Press, 1994.

O'Neill, Patrick. *Fictions of Discourse: Reading Narrative Theory*. Toronto: University of Toronto Press, 1996.

Paccaud-Huguet, Josianne. "Another Turn of the Racking Screw": The Poetics of Disavowal in *The Shadow-Line*. In *Conrad, James and Other Relations*. eds. Keith Carabine, Owen Knowles, and Wiesław Krajka. Lublin: Maria Curie-Skłowdowska University, 1998. 147-70.

Pecora, Vincent. 'Heart of Darkness and *The Phenomenology of Voice*,' *ELH*, 52 (1985 Winter),

993-1015.

Peters, John G. *Conrad and Impressionism*. Cambridge: Cambridge University Press, 2001.

_____. *The Cambridge Introduction to Joseph Conrad*. Cambridge: Cambridge University Press, 2006.

Phelan, James. "Sharing Secrets," *"The Secret Sharer": Case Studies in Contemporary Criticism*, Conrad, ed. Daniel R. Schwarz. Boston: Bedford, 1993. 128-144.

Piazza, Elio Di. "Conrad's Narrative Polyphony in *The Nigger of the 'Narcissus'*," *Beyond the Roots: The Evolution of Conrad's Ideology and Art*, ed. with an Introduction by Wiesław Krajka. Boulder: East European Monographs; Lublin: Maria Curie-Skłodowska UP; New York: Colombia UP, 2005.

Porter, Andrew., ed. *The Oxford History of the British Empire: The Nineteenth Century*. Oxford: Oxford University Press, 1999.

Punter, David. *The Literature of Terror: The Gothic Tradition: A History of Gothic Fictions from 1765 to the Present Day*. 1980; London: Longman, 1996.

_____. *Gothic Pathologies: The Text, the Body and the Law*. London: Macmillan, 1998.

Ressler, Steve. *Joseph Conrad: Consciousness and Integrity*. New York and London: New York University Press, 1988.

Richardson, Brian. "Construing Conrad's 'The Secret Sharer': Suppressed Narratives, Subaltern Reception, and the Act of Interpretation," *Studies in the Novel*, 33.3 (Fall 2001): 306-319.

_____. "Conrad and Posthumanist Narration: Fabricating Class and Consciousness onboard the *Narcissus*," *Conrad in the Twenty-First Century*, eds. Carola M. Kaplan, Peter Mallios, and Andrea White (New York and London: Routledge, 2005) 213-22.

_____. *Unnatural Voices: Extreme Narration in Modern and Contemporary Fiction*. Columbus: The Ohio State University Press, 2006.

Rimmon-Kenan, Shlomith. *Narrative Fiction: Contemporary Poetics*. 1983: London & New York: Routledge, 2002.

Royle, Nicholas. *The Uncanny*. Manchester: Manchester University Press, 2003.

Rundle, Vivienne. "'The Tale' and the Ethics of Interpretation," *The Conradian*, 17. vol 1. (1992) 17-36.

Ruppel, Richard J. *Homosexuality in the Life and Work of Joseph Conrad: Love Between the Lines*. New York, London: Routledge, 2008.

Schérer, René. *Zeus hospitalier: Élogue de l'hospitalité*. 1993; Paris: La Table Ronde, 2005.

_____. *Utopies nomads: En attendant 2002*. Paris: Séguier, 2000.

Schwarz, Daniel R. *Conrad: The Later Fiction*, London: Macmillan, 1982.

_____. "'The Secret Sharer' as an Act of Memory," *"The Secret Sharer": Case Studies in*

Contemporary Criticism, Conrad, ed. Daniel R. Schwarz. Boston: Bedford, 1993

Simmons, Allan H. *Joseph Conrad*. London: Macmillan, 2006.

_____. 'Representing "the simple and the voiceless": Story-Telling in *The Nigger of the 'Narcissus,' The Conradian: Journal of the Joseph Conrad Society (U.K.)* vol.24. 1. Spring 1999.

Spacks, Patricia Meyer. *Gossip*. New York: Alfred A. Knopf, 1985.

Stallman, R. W. "Conrad and 'The Secret Sharer,'" Joseph Conrad, *Conrad's Secret Sharer and the Critics*, ed. Bruce Harkness. California: Wadsworth Publishing Company, INC., 1962. 94-109.

Straus, Nina Pelikan. "The Exclusion of the Intended from Secret Sharing." *Joseph Conrad*. New Casebooks Ser. ed. Elaine Jordan. London: Macmillan, 1996. 48-66.

Teets, Bruce F. "Literary Impressionism in Ford Madox Ford, Joseph Conrad and Related Writers," rpt. in *Joseph Conrad: Critical Assessments*. ed. by Keith Carabine. vol. IV. Robertsbridge: Helm Information, 1992. 35-42.

Wake, Paul. *Conrad's Marlow: Narrative and death in 'Youth', Heart of Darkness, Lord Jim and Chance*. Manchester and New York, Manchester University Press, 2007.

Watson, Garry. *Opening Doors: Thoughts from (and of) the Outside*. Aurora, Colorado: The Davies Group, Publishers, 2008.

Watt, Ian. *Conrad in the Nineteenth Century*. Berkeley and Los Angels: University of California, 1979.

_____. *Essays on Conrad*. Cambridge: Cambridge University Press, 2000.

Watts, Cedric. *The Deceptive Text: An Introduction to Covert Plot*. Sussex: The Harvester Press, 1984.

_____. Introduction. *Typhoon and Other Tales*. By Joseph Conrad. Oxford: Oxford University Press, 1986. vii-xx.

Wegelin, Christof. "MacWhirr and the Testimony of the Human Voice." *Conradiana* 7 (1975): 45-50.

White, Andrea. *Joseph Conrad and the Adventure Tradition: Constructing and Deconstructing the Imperial Subject*. Cambridge: Cambridge University Press, 1993.

Williams, Jeffrey J. *Theory and the Novel: Narrative Reflexivity in the British Novel*. Cambridge: Cambridge University Press, 1998.

Williams, Jr. Porter. "Story and Frame in Conrad's 'The Tale.'" *Studies in Short Fiction*, 5 (1968), 179-85.

Wright, W.F. *Romance and Tragedy in Joseph Conrad*. New York: Russell & Russell, 1966.

Yelton, Donald C. *Mimesis and Metaphor: An Inquiry into the Genesis and Scope of Conrad's Symbolic Imagery*. Mouton: The Hague and Paris, 1967.

■著者紹介

山本　薫（やまもと　かおる）

滋賀県立大学人間文化学部准教授
大阪市立大学大学院文学研究科（英文学専攻）博士課程単位取得満期退学
博士（文学：2000 年　大阪市立大学）

主著：『裏切り者の発見から解放へ―コンラッド前期作品における道徳的問題』（大学教育出版、2010 年）
　　　"'The Warrior's Soul' and the Question of Community,' *The Conradian* 35.1 (Spring 2010) 47-61.

「自己」の向こうへ
― コンラッド中・短編小説を読む ―

2012 年 10 月 10 日　初版第 1 刷発行

■著　者――山本　薫
■発行者――佐藤　守
■発行所――株式会社 **大学教育出版**
　　　　　〒700-0953　岡山市南区西市 855-4
　　　　　電話 (086) 244-1268 ㈹　FAX (086) 246-0294
■印刷製本――サンコー印刷㈱

© Kaoru Yamamoto 2012, Printed in Japan
検印省略　落丁・乱丁本はお取り替えいたします。
本書のコピー・スキャン・デジタル化等の無断複製は著作権法上での例外を除き禁じられています。本書を代行業者等の第三者に依頼してスキャンやデジタル化することは、たとえ個人や家庭内での利用でも著作権法違反です。

ISBN978-4-86429-166-8